梨子小姐与自己相处

白辂／著

图书在版编目（CIP）数据

梨子小姐与自己相处 / 白铬著. — 北京：华夏出版社有限公司, 2023.5（2024.1 重印）

ISBN 978-7-5222-0413-0

Ⅰ. ①梨… Ⅱ. ①白… Ⅲ. ①长篇小说－中国－当代 Ⅳ. ①I247.5

中国版本图书馆CIP数据核字（2022）第173297号

梨子小姐与自己相处

作　　者　白　铬
策划编辑　陈　迪
责任编辑　陈　迪
责任印制　刘　洋
封面设计　殷丽云

出版发行　华夏出版社有限公司
经　　销　新华书店
印　　刷　三河市万龙印装有限公司
装　　订　三河市万龙印装有限公司
版　　次　2023年5月北京第1版　2024年1月北京第4次印刷
开　　本　880×1230　1/32开
印　　张　9.75
字　　数　169千字
定　　价　69.00元

华夏出版社有限公司　网址:www.hxph.com.cn 地址：北京市东直门外香河园北里4号　邮编：100028　若发现本版图书有印装质量问题，请与我社营销中心联系调换。电话：（010）64663331（转）

目录

第一章
虫岛旧话

关于我的故事，恐怕要从两年前开始，可年龄越大，记忆力越差，新生活替换旧生活，往日记忆亦会知趣退缩。好在，我是一个半吊子的日记爱好者，虽断断续续，过往的人生依然留下了印记。

我记录这些生活的初衷并不是想与人分享，只是想万一孤独终老时陷入老年痴呆，身旁又没有好心人帮我早点了结，我好歹可以在每个失忆的清晨翻开日记，用曾经的点滴提醒自己我是谁，不至于在脑袋和屁股的双重失禁下度过余生。当然，这只是两年前的想法，后来发生的事让我明白，生活并不如此，或者说，即便如此也不必害怕。

儿时，我喜欢偷看别人的日记。我想知道那些高傲的人是不是有不为人知的自卑，谦谦君子的背后是否藏着洋洋得意，一本正经的淑女会不会寂寞难耐，自诩成熟的哥姐是不是正在干一些让我咯咯发笑的蠢事。显然，这些行为会给我带来或多或少的趣味。不过迄今为止，让我记忆最深刻的，还是外婆的日记，它让我发现了此生最沉重的秘密。

不过这本书的主角并不是她，而是我。

我叫梨子，来自虫岛。如果此刻的你在虫岛上空鸟瞰，你会看到一座沙色薄雾笼罩下的虫形大岛。倘若你不紧张，我会拉着你的手坠落，去体验那片阴湿冰冷的、散发着金属光泽的巨蘑菇地。

在虫岛上，高楼大厦以蘑菇的形态连成片，阳光下更彰显出一种冰冷的金属感，仅从表面，你很难想象这里能有什么生命特征。但是当你穿过这片密布的蘑菇冠后，你会发现一座没有黑夜的城市。

这座城市每个24小时都是繁荣的，高楼大厦一座座拔地而起，好像一片巨硕的金针菇培养皿。从下向上看，几乎没有缝隙留给天空。一片蘑菇冠连着一片蘑菇冠，遮天蔽日，灯光长明，忙碌的人们享受着永恒的白天。虫岛的孩子多半并不亲近大自然，对他们而言，绝大多数的昆虫与植物只是一种象征知识储备的名词而已，年纪更小的孩子甚至没有体会过黑夜与白天之分，他们多半以为黑色的空气不过是父母催促他们睡觉所搞的小把戏。

拥有工作，拥有更赚钱的工作，几乎是所有虫岛人从小到大的人生追求。每个人从孩童时期就要去自然化，那些天性中的自由与散漫务必去除，取而代之的是 15 分钟为一个节点的知识灌输与技能训练。每个人的完成度都会被记录在区块链上，如果成年之前无法做到正确性格的更替，那么他将无法进入社会，将会继续集中而持续的训练，直到合格为止。所以，你经常会看到一些上了年纪、目光呆滞的人，这都是过度驯化的结果。

站在虫岛的中心，你会看到一个巨大的用白金铸造的标语，上面写着："劳动使人自由"。在这里，永恒的白天让 24 小时工作制成为可能。在虫岛，人被分为三大等级：上等阶级、中等阶级和下等阶级。当然，也许还有看不到的阶级。中等阶级和下等阶级彼此轮换，所以这两个阶层的人更为拼命，底层是因为偶尔看得到希望，而中层则是因为常常感到绝望。金钱与阶层的向上，是每个人一生的主旋律。而暴富已经成为一种宗教式的信仰，虽然大多数人毕生都无缘触碰真正的财富，但并不妨碍他们虔诚地匍匐在财富脚下。对阶层的焦虑裹挟着每一个人，没有人愿意向下拉扯自己的人生，不断向上是他们生活的底色与背景。据说上等阶层为了阶层与财富的可持续性，已经开始研发一种定向生育疫苗，儿时打了这种昂贵疫苗的人之间才可以喜结连理、成功生育，保证了财富在代际传承中不向下一个阶层外溢。在这个 24 小时工作制的地方，你总是能看到匆匆上下班的人，尤其在早上，你总是能看到这幅景象：少数人兴致勃勃地走在上班路上，眼神里澎湃着野心；大部分人则像行尸走肉，如同流水线上的罐头；还有一些人是你的眼睛绝不会忽略的，他们面目狰狞，任由死灰般的脸色罩着自己，如同下一秒就要进地狱。

虫岛的人们匆匆忙忙，没人愿意驻足于一时一刻，仿佛身处于塔克拉玛干沙漠，稍有停顿就命不久矣。人们说话的声音像是在快速地敲击着木板，响亮而高频，作为听众你必须聚精会神，否则你会觉得自己错过了什么。人们像是天然地处于一场随时开启却不知何时结束的比赛。所以奔跑即正义，然而大多数人都像是搞不清状况的足球运动员，不知道自己该在什么位置，也不知道球赛会有怎样的走势，他们只是努力地来回跑，好让自己不闲着，不落下，用身体动作演绎着生命的意义。

那些追求精神享受却不参与工作的人，在虫岛被视为精神病患者，医生会判断他们患有一种现实失调症，意即无法适应现实所呈现出的逃避状态，他们会被送到敬业所进行充分的治疗，他们在那里必须劳动，必须具备竞争精神，必须对金钱有积极的渴望。也许你以为世界上真的有人可以热爱精神世界而视钱财如粪土，但是在那里，这种不接地气的病大抵都可以治好，如果工作不努力会遭到电击，工作落后也会遭到电击；相反，工作好的人会省去电击，并且给予他们更好的食物和居住条件。后来你会发现，那些刚开始声称自己热衷精神世界的人，都学会了拼命工作，等他们离开那里，他们也会拼命工作，在对工作的厌恶和不工作的恐惧之间，他们会自然地忍耐前者。

在这样的地方，人与人之间总是剑拔弩张的竞争关系，如果你进步太快，那么你不会有老朋友；如果你进步太慢，又会被踢出原有的圈子。一切的社交都是动态平衡，每个人都会通过计算自己的名利指数来默默推算自己的位置。友谊在这里已经成为一个完全过时的词，如果你厉害，你可以成为任何人的“朋友”，如果你活在社会的边缘，能有的只是抱团取暖罢了。心心相印的东西早就没了生长的沃土，激烈的竞争已经让虫岛人彻底地工具化了。孩子承袭父母的理性化追求，学着成为一个优秀的工具人，而成年人用工具的角度看待所有的人与物。所以，你越是出人头地就会有越多的工具任你差遣，你越是边缘渺小就越是被人当差遣工具。人和物看起来只是生物属性上的差别，如果以工具属性来衡量，界限早已变得十分模糊。

这就是我的家乡。我相信每个人都是他家乡的一部分，而他的家乡也总是或多或少地成为他的一部分，但是我只想偷偷说，虽然热爱家乡是一种朴实而美好的感情，但它却并非每个人的义务，尤其是当你的人生信条与家乡的文化相左的时候，你会随时感到被孤立，那么你只能选择改变自己或者去一个新的地方做自己。

那时候的我住在外婆的房子里，工作也还不错，颤颤巍巍地立在中产阶级的最后一层阶梯。从工作以来我始终向上观摩，以保证我的吃穿用度始终像一个对生活有期待的中产阶级。可是两年前，外婆去世，我被裁员，原以为即将开启的婚姻也因为男友的突然消失而骤然停摆，住着的房子即将被母亲卖掉。一切的现实都告诉我，我已经堕入了社会底层，我怕自己因为饥饿难耐而被迫卖淫，开始阅读各种道德书籍提升自律指数；我开始在网上疯狂搜索如何在死后不被动物和昆虫啃噬的防范之术。各种恐惧的想法束缚着我，我像是一个智力低下的蜘蛛侠，被粘在一张大网上无处翻身。

好在，这一切并没有发生。现在的我有充足的时光为你拼接出过去的记忆，为你拼接出我人生中特别到不能再特别的一年。也许在故事的一开始，你会以为我是个乏味的女人，确实如此，在这个社会的驯化下，谁又没几分乏味呢？谁又能逃脱乏味的包围呢？

第二章
你知道你是谁?

第一节

日期：2 月 13 日

尝试看书 3 次，失败 3 次。

尝试冥想 5 次，失败 5 次。

尝试联系狄森屏 2 次，放弃 2 次。

接到猎头电话 3 次，拒绝 2 次，被拒绝 1 次。

尝试关机戒断手机 8 次，开机 8 次。

28 岁生日愿望：原地消失。

被裁整整 3 个月了，依然没有找到想要的工作，不是和以前一个样，就是不如以前。

距离不一定产生美，但距离一定可以产生清醒。我肯定、确定以及认定：自己根本不喜欢这份当年魂牵梦绕、后来拼死拼活干了 7 年的工作。可现在的我急需一份工作，产生这种想法实在是荒诞，可我能怎么办呢？在虫岛，一个普通人如果斗胆半年不上班，很快就会被扔进敬业所。

狄森屏消失了，谁都说务必紧紧把握优质男青年，过了这村没这店。基于对这个年龄段未婚男女比例的清醒认知，自然该咬碎牙槽骨点头说 yes；然而，基于生理层面的天然驱动，他并不比一块蓝莓芝士挞更容易让我丧失理智，我也绝不会告诉他，与他相处的两年多来，我没有一次自慰的时候会想着他。可是生在虫岛这种鬼地方，女人在男人心中的价值是按照年龄论资排辈的。到了我这个年龄，结婚就像是抢凳子游戏，没人关心你想坐在哪儿，只关心你千万别剩下。而狄森屏，这种工作体面、熟悉中产阶级生活趣味的周正男人，是不少女人眼里的香饽饽。而我，被他选择，甚至要表现得感恩戴德。

噩梦一场连着一场，昨晚梦到生孩子，孩子脑袋刚出来就喊着买学区房进名校，我说“你可滚回去吧”，一把把他按回了肚子里。醒来之后很沮丧，我发现人总妄想自己是自己的主人，可是到头来连自己的器官都控制不了，卵巢是我的，可它对我大脑的操控远胜于我。

好烦躁！30 岁前结婚的火车马上出站，而我连车票都没有搞到。

今天又看到林黛丝在网上晒自己部门的庆功会，嘴角咧到了后脑勺，可真是小人得志。要是没有她从中作梗，裁员哪会这么早发生。每次看到她都很烦，更烦的是，为什么她一出现，我就会加倍地讨厌自己。虫岛人的势利真是无孔不入。才几个月而已，所有人都不认识我了，连最铁的Cici也不知道去了哪里，唉，有时候觉得自己很荒诞，这些年忙忙碌碌的到底图什么。

让人欣慰的事只有两件：拉琪联系我，想让我和她一起开拳馆；人间蒸发的伊鸠，不知道从什么鬼地方寄来一张卡片，勾引我去当冲浪教练。只是随口和母亲提起，她就暴跳如雷，觉得做生意不是这个阶层的人该想的；穿着暴露和野男人上班更不是正经工作；找个体面工作、早点结婚才是正道。我一直是她的虚荣来源，优秀的学习成绩，大公司管理层的名头，这些标签始终让她在人前多些脸面。三个月不工作，相比于折磨我，可能更折磨她。可经济下行，大公司哪是那么好进的。这年头，虫岛的年轻人大多有点精神分裂症，一方面乐见那些垄断一切的巨头快点倒闭来一场平等的狂欢，另一方面又拼命挤破头，想要用朝9晚12的体面方式献祭自己的青春。我体面了7年了，也许在别人眼中很不错，可我早已从头皮厌倦到了脚指甲尖。

真希望自己能发疯。如果疯得比较轻，我会冲出去找拉琪开拳馆；如果疯得彻底，我会去找伊鸠，在冲浪中忘记我姓甚名谁。可是我不敢疯，我装得像个人。激烈的批斗之后我钻进了衣柜里，用两根指头泄了愤。

人就像是养在细颈烧瓶里的小鸭子，小的时候还能活蹦乱跳，越长大越被束缚，在不断的变形中学着适应令人窒息的生命。真希望人的身体可以一键消失，如果我变成空气，就会拥有永恒的自由。

刚落笔，母亲就打来了电话。

“妈。”

“梨子，外婆这套房子要卖掉，你可以四处发一下信息，看有没有买主。”

“这么快？”

“嗯。”

“好。”

第二节

那个时候的我，怀疑、懦弱、绝望，成天宅着，好像一个被人遗忘的过期罐头。外婆的去世更是给我致命一击，我从小被她抚养长大，没想到她这么快就离我而去。外婆去世前时而昏迷，时而胡言乱语，离开的前一夜，她突然说出一句让我非常困扰的话："你知道你是谁？"我不知道她到底在说什么，只能抱着她不停地告诉她我是梨子，她没有回答，只是突然"啊"了一声，呼吸愈加急促，很快，残存的意识被死亡吞噬，她永远地离开了我。然而，她那句话留在我的记忆中，久绕心头，挥之不去。

28 岁的我，像是突然被人生游戏踢出局，几乎失去了人生中的一切：工作、恋人、至亲。他们像商量好的多米诺骨牌，一个接一个地塌陷下去。因他们而构建的世界观，瞬间也成为断壁残垣。我倚赖酒精，倚赖烟草，沉沦其中，任由精神一片废墟。

唯一的慰藉，就是还住在外婆的房子里，一套一楼的带有院子的小公寓。它是我唯一的壳。虽然外婆走了，可她的气息还在，是一种柔软的、带着干树叶味道的土壤气息。这一切都给我安全感，哭累了就会睡得着。可房子一旦售出，这份安全感也会随之终结。

挂了电话，我又给自己开了瓶酒，环视着房间，思忖着最后与它相处的日子，不可避免地陷入了回忆。在酒精的作用下，我对每一个老物件的感受都被放大。

这个老房子里，离我最近的，是我的衣柜。它伴随着我的少女时代到现在，里面更迭着每一季的衣服、包包，以及我当时最喜欢的味道。更重要的，它是完全属于我的伊甸园。在青春期的日子里，我常常脱了衣服在衣柜的镜前来回打量，我摸着自己的胸部，担心它们长不大，又担心它们长得太大，我打量着我的臀部，它们已经变得浑圆，像涂了蜂蜜的面团。肉体的变化会告诉你，你每一天都在接近成年，这种感觉让我期待又欣喜。15 岁的一天，我拉开衣柜把自己藏了进去，黑暗中是我熟悉的味道：清新又陈旧，纠缠着隐约的花果香。它们松弛了我的紧张感，我将自己蜷成回形针状，试图尝试某些成年人讳莫如深的秘密。作为一个新手我并不胆怯，反复耐心的尝试之后，大脑中嘭的一声巨响，感觉自己上了天。我第一次意识到，原来人对于自由、对于空间的感受与真实的物理距离之间相去甚远。进去时，衣柜是那么狭小，以至于我不得不蜷得像块石头，可突然间，整个人飞在天上，自由极了。从那天开始，这里成了我的避难所。

我最喜欢的，是客厅的书架，它是我一直以来的精神家园。从我记事起，它就在那里，外婆虽然只是一个普通的超市收银员，但是她有着与职业十分不相符的爱好，那就是看书。除了书架，家里还有很多箱子，里面放着她的藏书，大多数是在虫岛根本卖不出去的偏门著作。外婆在一家 24 小时营业的超市上班，天刚亮她就会出门，太阳落山前她会回家，她向来不喜欢挣多余的钱，大多数时候默默无闻地藏身在自己的小房间。门被反锁着，她到底在房间里做什么于我而言是一个长久的秘密。她并不愿意与我交流太多，也没有什么聊得来的朋友。一切都被妥帖地隐藏在她那肥大而迟缓的身体里，像是一个孤独的苹果。

书架上除了书，就是我儿时的照片。我从未见过自己的外公，几乎所有的儿时记忆都与外婆有关：陪外婆去河边捞鱼的我，抱着大肥鱼满载而归的我；陪外婆喂流浪猫的我。还有一张几年前冲浪的照片，外婆曾说这张笑得最好，是我该有的样子，所以放在了最显眼的位置。架子最高处，是一排我做的蜡烛，我是一个狂热的手工爱好者，尤其喜欢做蜡烛，因为我可以根据自己的想法，把蜡烛做成喜爱的形状和颜色，根据它的主题来设计它的气味。断臂维纳斯是我一直钟爱的主题，正是因为她失却了两根手臂，所以在创作中充满了可能性。那段日子，我做了一款荆棘维纳斯，她双手被荆棘束缚，双眼蒙着缎带，像极了塔罗牌中的宝剑八。

维纳斯的旁边是一张家庭合影。12 岁那年，我获得了虫岛顶尖少年人才奖，难得地，除了外婆，还有满面春风的父母，四个人拍了一张合影留念，这也是我人生第一张与父母的合影。我踮起脚扶着书架，想拿下这张照片再看看。可我重心失衡，拉着书架开始晃动，维纳斯推着相框冲向下面的小鱼缸，一同碎在了地上。玻璃碎了一地，照片全部浸湿了，我手忙脚乱地想要拿出照片，却没想到刺破了手，外婆的脸瞬间被染得血水模糊。“啊！外婆！”我扯着袖口擦照片，可是画面彻底花了。小金鱼落在地上跳了几下，很快就没了动静。

眼前一片狼藉，不断漫延的血水又一次刺穿了我脆弱的神经。我只觉得眼里像是进了玻璃渣子，激烈的刺痛从眼眶蔓延到头顶，一阵酸楚的泪水泄了出来。“我真是个废物啊！”难以遏制地，我扑倒在地上哭号起来。

突然，背上一锤重击，紧接着头顶又是一击。我被惊吓得没了眼泪。抬头一看，眼前竟站着一只长着硕大耳朵、杏眼细身的棕红色小猫。小猫低下头，一口吞下了地上的金鱼。

“你……你怎么进来的？”我被吓得不轻，竟对它说起了人话。

“毛——毛——冒——冒——”它似乎是一只短舌头猫，操着奇怪的口音冲我“毛毛”叫。

我意识到它可能是饿了所以才冲了进来。冰箱里有鱼干，于是我起身准备拿给它。

“说自己是废物的女孩是蠢女孩。”

身后发出一种奇怪的声音。可我回头却发现一个人都没有。

“说自己是废物的女孩都是蠢女孩，看在吃了你鱼的分儿上我告诉你真相。”

“你？”我汗毛倒立，瞪着眼前的这只猫。若不是亲眼看到它的三瓣嘴一鼓一合，你绝不相信这话是从猫的嘴里发出的。它的声音与人不同，调子高而短促、音色纤细却并不锐利，是一种幼童的嗓子才有的一种未经岁月摧残的清澈感。

“我嗅到老婆婆走了，所以过来看看。”

“谢谢。”我依然怀疑眼前的一切，“她会感受到你的好心的。”

“你正陷入巨大的自我否定当中。”

“谢谢，这个和你无关。”我不想和陌生人讨论自己的不堪，即便是陌生猫。

“唔……我对蠢人缺乏同情心……不过老实说你应该感谢我，在我的评价体系里，还没有把你放进最蠢的那一档。”

“你知道什么？你有什么资格评价我？”虽然它长得很可爱，但是刻薄的口气让我很不舒服。

“你工作丢了，男友跑了，外婆没了，想要原地蒸发。”

我很震惊。

它看着我瞪大的眼睛，得意起来：“看，这就是你为什么蠢，不验证事实就对我肆意抨击。”

“我只是不想被随意贴标签！”

“嗷呜，不想贴标签？刚还为以前的标签沾沾自喜呢，啧啧。”

我给它放下鱼干背过头去，想让它尽快闭嘴。

没想到它很快就吃完了，舔着嘴巴又开始说话，白色的小尖牙上上下下：“看在小鱼干的份儿上，我对你有一点点同情心。如果你觉得自己还可以抢救一下的话，说不定可以听我的。”

“哦吼！听一只猫的？我的天！”我冲它翻了个白眼。

“怎么了？”

“我呢，觉得自己早就堕入了人生的谷底，却突然发现还有很大空间。”

“因为有我拯救你啊。”它突然很高兴，跳到我的肩膀上，舔舐我散发着酸腐味道的头皮。

我把它摘了下来：“我只是在想，我如今竟然沦落到听一只猫的。”

“那又怎样，不妨碍我知道你心里在想什么。”

“噢？不是说猫能和死人通灵吗？那你快点告诉我，我已经死了！”

“嗷呜，你就这么想死？”它伸长脖子做呕吐状，“你这酸臭的身体，猫吃了只会中毒。”

“正好，我就怕自己成一个全身是洞的无名裸尸。”

“其实和死人通灵只是你们片面的看法，跟活人也能通。”

“可我喂过那么多猫，为什么从没见过任何一只猫说话？”

“嗨，你们人类无聊的烦恼太多了，和你们说话，我们会不堪重负。”

好像也对，我心里居然点点头。

“相信我的话，我带你去一个专治蠢病的地方。下次回来，也许你不会再有那么多无聊的困扰了。”

“你凭什么要帮我？”我对它的动机依然将信将疑。

“呼……真是愚蠢的虫岛人。”它瞪大了眼睛，白色的胡须炸开来。

我打量着眼前这只猫，虽然说话刻薄，但长相还算正直，面貌甚至有几分威仪。一个荒诞的想法冒了出来：生活已经不能更差了，跟它去看看说不定会清醒点，一只猫咪又不能拿我怎样。

“好吧，信你一次！你带我去哪里？”

“到时候你就会知道的。明天早上 6 点，你在家里等着我，准备一个大点的背包，最好下面垫点棉花。我会告诉你怎么做。好了，多给我点小鱼干，我要走了。”

我从鱼干里挑出几根最大的放在了碟子里，它一口叼起消失在夜色里。

整晚的哭泣让我的眼皮变得异常沉重，很快就睡着了。梦里出现了一个穿着白裙的桃心脸女孩，她飞快地向前跑着，我在后面追着她，可我边跑边看到曾经的那些奖杯和荣誉一个接一个地落在了后面，我不断回头想带着它们，可失去了控制的双腿不断狂奔，最终，她消失在了一片白色的火焰里，我的梦境也归于寂静。

第三节

“好痛！”我的鼻子上突然有热砂纸一般的东西来回摩擦，散发出一股湿润的腥味。一睁眼，发现一对闪着绿光的眼睛直勾勾地盯着我，吓得我一声尖叫。

“好吵！”对方被吓得弹了起来。

定睛一看，是那只大耳朵猫，才想起昨晚答应它的事：我到底是怎么了，怎么会答应它去什么乱七八糟的鬼地方？心里不禁有些犹豫。

“已经六点了！”它弹起来落在我的胸口，压得我又痛又窒息，“还不走吗？”

“好……好……走……”感觉得罪它不会有好处，我只好爬了起来，翻出一个超大双肩包，塞进一个抱枕，“为什么要背包？我们去拿什么？”

大耳朵猫径直跳了进去：“国王出征难道不需要座驾？”

“好吧，你个虚荣的大耳朵猫！”我心想：猫小鬼大还挺好享受。

“不要叫我大耳朵猫，阿比西尼亚猫与神同在，不容凡人亵渎！”

我还是第一次听说这个猫种：“还需要软垫吗？”

“不需要了，谢谢，你可以叫我马可·奥勒留。”

“迈克·奥利奥？感觉很好吃的样子。”我忍不住笑了。

“马可！ M—a—r—c—u—s。”

“好吧，马可大帝，我们走吧！”

“快点！虫岛大厦 A 座一楼，到时候我告诉你怎么做。不要把我颠太狠！”

我把马可放在副驾驶座位上，开车穿街过巷，半小时后抵达了虫岛大厦。

“去 A 座一楼的 7 号电梯，你一定要在 7 点之前一个人占着它，不要让任何人进来，7 点整的时候按下 2645751，2—6—4—5—7—5—1。”马可在双肩包里发出了最后的指示。

我看看手表，已经是 6 点 57 分，飞快地冲进 7 号电梯按下关门键。此时的电梯已经开始向上运行了，我紧张得口干舌燥。万幸的是，电梯上下运行几下之后并没有人进来，看到秒针跳过59分59秒，我飞速按下2645751。“咔哒”一声，奇怪的事情发生了，电梯突然开始飞速地向下走，楼层的数字也瞬间变成了不断闪动的乱码，紧接着是一阵不规律的晃动，电梯好像进入了新的轨道，像过山车一样剧烈地晃动着，我紧紧抓着扶手，生怕自己被甩成肉泥。一阵恶心的眩晕之后，电梯门打开了。我本以为自己会翻江倒海地呕吐一番，结果那感觉竟被眼前的景色给逼了回去。

“莫奈！好像莫奈笔下的风景。”我被眼前的景色震撼了。这是怎样的一座城市！简直无比地轻盈！如果将虫岛形容为一堆立着的铁钉，那眼前的这座城市更像是一片又一片的鹅毛。没有俄罗斯方块般的车流，没有宽广到令人生畏的马路，没有两条腿不够用的人群，没有令人压抑的高楼大厦，而是大片布满植被的空地与形态各异的悬空建筑。

“这是哪里？”我有些恍惚。

“跟我走！”马可飞快地向前奔跑。

“为什么看不到人？”我很疑惑，这么漂亮的地方，人怎么会这么少。

“因为不是每个人都有资格待在这里。”

“什么人有资格呢？”

马可不说话，我只好跟着它一路向前。很快，马可停在了一个圆形悬空建筑的下面。“卯，猫，毛！”一个直梯从建筑里应声而下，马可一跃而入，我追着它进入了这个怪异的建筑。从外面看，那是一个圆形的饼状建筑，从里面看，至少我进入的房型，像是一个巨大的蚕豆。

“这房间真像一个蚕豆！”

“哦，我倒是觉得像兔腰……”马可舔了舔嘴巴。

从旁边的房间里传出一个声音：“马可，你又背着我偷偷去虫岛了！”

“谁让佛岛这么无聊，只有虫岛的老鼠才是最美味的。”果然，“兔腰”是成对的。马可带我进了另一侧“兔腰”。

原来这里叫佛岛。我跟着马可走向一个巨大的桌子，后面坐着一个身穿麻袍的男人。

看到他的那一刻起，我便难以克制地不断靠近他，因为他太像我曾经的冲浪教练了，我看着他怔了好一会儿：“伊鸠？”

对方抬头看了看我：“欢迎来到佛岛！”

“是伊鸠？”他太像伊鸠了，以至于我完全忘记了基本的礼貌。

对方没说话，只是笑了笑，突然，他从桌子后面站了起来。

我脑中“啊”了一声，他绝不是伊鸠。因为我眼前的这个男人竟然如此地矮小，他那清癯的面庞竟然长在一个鼓着大包的矮小身体上，或者说，他本不该矮小甚至可能很高大，可是身体过度的弯折让他显得如此矮小。

我对自己的无礼感到尴尬，暗想他一定是马可的主人。

“我是猫哲学研究所的创办人雅图 · 佛。很多年来我都研究人。”他冲我笑了笑，“但人实在是太无可救药了！所以我转而研究猫。”对方热情地挑了挑他那对粗密的眉毛，伸出了自己的右手。

“您好！”我伸出手去，“我是梨子，您是马可的主人？”

“主人？冒！一个国王怎么会有主人？他是我的两脚门徒！”马可傲娇地站在雅图的肩膀上走来走去。

“马可是我的研究助理，主要负责组织各类猫来参与我的研究，当然，也包括它自己。”

“呜呼！多么残酷！我作为猫中圣哲，居然要被人拿来做实验工具！”马可嘴上说着话，眼睛却瞄向了餐桌上的生鱼片，未等大家反应过来，它已经将其一扫而光。“嗝……这个，这个无聊的女孩，为了一些无聊的问题庸人自扰，我想考验你近期是不是有进步，所以带她来瞧瞧你。”

“哦，马可陛下，看来虫岛的老鼠不仅让你变胖，也让你长了一颗体恤人的心脏啊！”

“嗷呜……”马可瞪了雅图一眼，瞬间倒下了，阳光包围着它，它开始自在地打滚。发出惬意的呼呼声。巨大的落地窗环绕着马可，将它红色的皮毛照得闪闪发亮，我才注意到它的下巴是白色的，在炽烈的阳光下散发着莹白的光，一伸一合甚是可爱。

我开始打量这个神奇的地方。“兔腰”的背部是一个整块的弧形玻璃，整个建筑在缓缓升高，让我有机会一览窗外的风貌。整个城市极为开阔，但是几乎看不到什么人烟，也没有任何高耸的写字楼，几乎所有的地方都被浅色的植被覆盖着，但这里的植被又与别处不同，仿佛是被某种算法精确地安排过，大小、比例、颜色都极为和谐。这种极致的平衡似乎只有大自然能做到，但你的眼睛不会骗自己，这一切都是人为的，它超越了那种自然天成的野蛮感受，更像是蒙特里安的格子，是一种强烈的秩序感带来的平衡感受，第一眼看过去让人感动，仔细关注每一个细节又令人生畏，你甚至不敢走向任何一个街区，生怕自己破坏了这种极致的平衡美。如果说这里有什么是天然的，恐怕是远方的海水，视野由近及远，你可以看到大片的海水，这里的海水比虫岛的安静许多，被阳光切割成鱼鳞般的样子。整个城市没有浓稠的情绪，而是散发出一种透明的淡蓝色。这里的一切相比他处，仿佛饱和度都减半，是一种柔盈的半透明色调。这是一种怎样的感觉呢？你会觉得一旦踏上这样的土地，灵魂就不再承受肉体的拖累，刹那间变得轻盈起来。佛岛像是一颗漂在海中的蓝色宝石，蓝色沉浸于蓝色，你感受不到它的存在，你又不能说它不存在。

第四节

世界上90%的悲哀出自人们不了解自己，自己的能力、弱点甚至是自身的真正的美德。我们大多数人对自己就像对完全的陌生人一样，走完了几乎整个一生。

——西德尼·哈里斯

一阵寒暄之后我在客厅落座，马可窝在我身旁的桌子上。

“梨子小姐，马可说你是带着问题来的。”

“对，我想离开虫岛。家人、恋人、工作都没了，我不知道待在虫岛还有什么意义。”

“为什么想离开，想去哪里？”

“不知道，我只想过一种自由的生活，做自己就好。没人问我结没结婚，在哪里工作，赚多少钱。

能清净自在，想怎么活就怎么活。”

“喔，听起来是一种不错的生活。”

“嗬，其实很可笑是不是？我也知道不可能。我能去哪儿呢？异想天开而已……”说到这里，我不禁叹了口气，“这些年我越来越讨厌自己，像一个麻木的工具人，整天忙忙碌碌也换不来快乐，成天怕这个、怕那个，缩在套子里，从来没有活出过自己。”

“讨厌自己，又想活出自己？”

“是的……很矛盾……说来您也许不信，裁员、失恋这些事我早有所料，但我宁可拖着也不去改变。看起来是三个月前的事，但是早在几年前我就认定这个部门没前途。公司战略紧缩，被裁是早晚的事，可我就是赖在那儿耗到第七个年头。”

“为什么没有离开呢？”

“我不仅没有离开，而且工作更努力了，后来还升了职。别人都以为我很热爱这个工作，但我知道自己是怕，所以拼命地让自己的业绩更好，好到不行，奢望那天不会到来。”

“被裁之后有后悔吗？”

“后悔？我倒是希望我悔得捶胸顿足，那样我会对自己的厌恶少一点。可事实是，宣布被裁的那一瞬间，我突然感到久违的轻松，像是心里悬着的石头落了地。”

“看来你承受了很久的折磨。”

“对，一种窝囊的自我折磨……恋爱也是这样，他不辞而别对我打击很大，您也许以为我很爱他，但根本不是，我喜欢冲浪、艺术、文学，但他觉得这些完全是浪费生命，总之，我热爱什么，他否定什么。但我不想和他分手，因为我快30岁了，离开他不会有更好的选择。可是我忍不住，我脑子里总有分手的戏码，后来终于成了现实。工作、恋爱甚至大学专业，一切的一切……事与愿违像是我的宿命，像是有双命运的大手，总会把我推向最不想要的结果。”

面对我的诉说，雅图眼中并无波澜：“梨子小姐，可以跟我讲讲你了解的自己吗？”

“我？我是梨子，28岁，毕业于虫岛中央大学管理专业，曾经获得过虫岛顶尖少年人才奖。毕业后，以第三名的选拔成绩进入虫岛第二大科技巨头瑞兴公司，连续三年被评选为最佳员工，工作第四年成为瑞兴公司的传统业务六部主管，具备20人以上团队的管理经验。”

“哦，看来你是一个职场精英。”雅图点了点头，不过并不像是为我的成绩赞许，“还有吗？更多关于你自己，而不是外在的标签。”

“可是……这些就是我啊……”这么多年来我都是这样介绍自己的，没想过还能怎么讲，“或者只能说说其他的特征了，身高 165 厘米、小麦肤色、栗色短发、细长眼睛、水瓶座、性格外向、完美主义者。哦对了，在 MBTI 人格分析中，我是 INFP。”

“喔，很全面，不过，好像还是表面的你自己。”

“表面的我自己？”我有点不太明白他在问什么了，掘地三尺我也只有这些特点。

“以这些年我对虫岛人的了解，你们大多喜欢用标签来解释自己，但几乎从不观察自己的精神世界。”

“会这样吗？可是如果不听从精神世界，人又怎么正常生活呢？”

“那既然已经按照精神世界的指引生活，为什么还是觉得不快乐？”

我竟然不知如何作答，我讨厌的生活看起来都是我自己选的。如果这就是遵从精神世界，我又为什么会不快乐呢？

“所以，您的意思是，我并不了解自己的精神世界？”

“就像你的这份工作，它带给你安全感，也让你觉得不快乐。所以你更像是在服从某种生活，而不是探索属于自己的生活。如果真如你所讲想要活出自己，那你至少要了解自己。”

“我总觉得体内有两个自己，一个想逃脱，另一个想服从，所以总是自我折磨……我也常常会问自己，难道一辈子都要这样下去吗？”

雅图点点头：“人会在确认自我和探索自我之间摇摆。”

“确认自我和探索自我？”我还是第一次听说这个概念，“这两者之间有区别吗？”

“一个是证明我是谁，另一个是发现我是谁。”

“听起来有些道理，但我还是不太明白。”

“在自我这个概念普及之前，世界上的绝大多数人从来没有想过要活出自我，都是自然而然、随波逐流地过一生。后来人人都知道了，就有了探索自我的自觉。这个过程让人发现真实的自己，体会自己的不同，去哺育自己的特殊性，这一切都会让人更深刻地体会到自己活着。”

“对！这是我喜欢的状态，每当我冲浪或者做蜡烛的时候，都会全身心地沉浸在一种没有功利的热情之中，不需要谁去评价什么、认可什么，而是忘我地沉浸在一种无穷无尽的探索中……可是，其他的事情就不是这样了……”

雅图点点头：“相比于不那么确定的探索自我，人们更在意的是确认自我。在虫岛这样的社会，人们被施加了太多的影响，自我不再像是一种觉醒，更像是一种自我证明的枷锁。人们会用职业、婚姻、住宅、穿着诸如此类的外在标签来确认自我的存在。这些标签会让人执迷、让人恐慌，对自我的摇摆和否定也随之产生。”

我突然想起昨晚的梦境，我为什么会因为那些荣誉的丢失而感到难过，因为我觉得没有那些，我甚至无法解释我是谁：“对，是这样的，我不知道这算不算我痛苦的根源。我快 30 岁了，总觉得应该像打卡一样拿到很多标签：工作、婚姻、房子……可是，现在这一切都没了，我觉得自己很失败。可没有这些我还有什么呢？人很难抛开这些外在的东西还对自己有信心。您说人应该了解自己的精神世界，可是我不知道我除了这些欲望还有什么，我甚至觉得我连随波逐流的能力都没有，得不到痛苦，得到了也痛苦，总是自我冲突、自我折磨。”

“梨子小姐，其实你应该感到欣慰。”

“欣慰？您不要取笑我了。”我想不通承受这么多痛苦哪里还有欣慰之处。

“痛苦是一种通道，能引发你的自我觉察，这是探索自我的开端。察觉自己是很难的，对于大多数人而言，脑袋里尽是过去、未来和外部世界的碎片。至于想干什么、该干什么，他们似乎有很强的主见，但其实他们很难分辨其中哪些是自己的思想，哪些是外部施加给他的。所以也可以说，他们从来没有过真正的自由，从出生到进坟墓，都不曾完整地了解自己和周围的世界。”

“您觉得，我该怎么了解我自己呢？”

“打破观念对自己的束缚，正视自己的特殊性，找到自己的纯粹面。”

“观念对自己的束缚？”

“这世界有很多东西看不见、摸不着甚至不存在，但是它们却对人形成了最大的控制和伤害，让人们永远活在迷失当中。”

“嗷呜！”马可突然醒了，伸了一个舒畅的懒腰，“我饿了……”

雅图哈哈大笑：“你醒来得正是时候，快安排梨子小姐吃点东西，早点休息吧！”

我恍然间才意识到，窗外竟然已经入夜了。

“哈嗞……”马可打了哈欠，“睡我那里就好啦！”

“好啊，那就参观一下你的宝殿。”雅图看着我，“梨子小姐，明天我们会为你准备欢迎宴，到时候继续聊！”

雅图离开了，我则跟随马可离开了客厅。

刚踏进猫窝，一只小鸟飞了出来，我被眼前的景象惊呆了，虫岛上的猫窝都是巴掌大小，然而眼前的猫窝比我的公寓大五倍，像是一个迷你的猫咪迪士尼公园。通天树、美毛仪、跑步机、刷牙机、泡泡机，各种高低、大小、形态的垫子供人躺卧，各式各样的机动小鸟在空中来回穿梭，羽毛绮丽，足以乱真。马可如同野豹一般瞬间跃起，咬住一只小鸟落了下来，它轻轻拨打小鸟，小鸟又飞了起来。

马可转过头来："这些小鸟帮我保持灵敏，让我时刻谨记自己是一只猫。你知道吗？猫被人养久了，会忘记自己是一只猫。"

"是吗？"我整个人倒进巨大的松软垫子，"但我想，我在你这里住久了，会忘记自己是一个人。"

"喔……做一只两脚斯芬克司猫也不错，你会有很多无条件关爱你的男主人。"

"哦，马可，你嘴太毒了，我可是保持独立的女权主义者。"我不经意转头，发现后面陈列着一排又一排马可与其他猫咪的合影，"这些照片真棒，有很多漂亮的猫！"

"我帮雅图做事，平时我会帮他召集各类猫，做很多关于猫行为的心理调研。"

"猫行为的心理调研？"

"比如人呼唤狗，狗会响应度很高，而猫则不然，猫的行为取决于它当时的想法。雅图认为，人就是狗性太重所以不幸福，人总以别人的看法确定自己的价值，所以成天被使唤，但猫就不一样，乐于独处，享受孤独，所以人对猫的欣赏更纯粹，猫拥有的幸福也更纯粹。"

"狗性太重……"真是一个有趣的视角。我抱起马可嗅了嗅它的脑袋，竟然是甜甜的焦糖味儿："你说得对，其实人很虚伪，总说狗是人类的好朋友，却没人想当一条狗；总说猫势利高冷，却常常羡慕猫。”

“只有纯粹，才会轻盈有智慧。”马可轻身一跃，跳到了与我一般高的柜子上，俯瞰着我说，“时间不早了。”

我会意，躺在垫子上准备睡觉。很快，马可在我身边睡着了，而我却没有丝毫睡意，各种杂念在脑子里来回冲撞，我想让自己静下来，于是掏出笔记本，开始写下这一天的日记。

第五节

日期：2 月 14 日

有时候我在想，我体内不同的梨子，到底哪一个才是魔鬼？

世界上没有比在虫岛活着更简单的事了。在虫岛，每一个人都被培养出同样的世界观，随时可以从集体中吸收认可与力量，从秩序中得到安全感，从统一的标准中找到自己的位置。在虫岛，一个幸福的人生标准是显而易见的：好学校，好工作，在狭小的虫岛上有一座漂亮的房子，与门当户对的人生个孩子，让他开始在某个标准中找到自己的位置。

我并非天生好命，但也算是一个幸运儿，我擅长学习、擅长上班，在不断证明自己幸福的路上前进着。坦率来说，拿到好处的人没必要质疑发奖规则，成为一个与众不同的怪胎是不合算的。

但是，人们总是被一种叫作“自我”的东西困扰着，给自己添些不必要的麻烦。我很怀疑，人是否应该坚持所谓的自我，自我真的能让人更幸福吗？人没有了自我，外界给了他答案，他只需努力就好；可是一旦有了自我，内在与外在就有了冲突，心中就有了轰轰作响的矛盾，它只会让人躁动不安，让人对外界滋生不满。

如果我是一个没有自我的女人，恐怕会幸福得多。我无须怀疑，无须抗争，无须证明，只需生出孩子，让他尽情吸吮奶水，人生的使命便完成了十之八九。无论嫁给何种自大的男人，我始终接纳他、追随他，毫无怨言地与之融为一体，在他每一个荒诞的思考与动作之后保持微笑，以他的尊严为尊严，以他的满足为满足，绝不争辩是粗鄙还是高尚，谁说这又不是幸福呢？

可是我，我不够纯粹，既不纯粹地愚蠢，也不纯粹地智慧。我只是一堆外界观念与天然基因交杂的混合物，它们在我的体内游离、碰撞，让我产生欲望，也让我产生恐惧，平静自我呱呱坠地那天开始早已渐行渐远，成年人唯一的平静恐怕就是交媾后的片刻。

飞翔的毛毛虫曾说："在虫岛，每个人的眉头都是一个 π，无穷无尽……那是他们没有完全消弭的自我。"我想我也是一直如此，也许生活还不够艰难，以至于有太多的时间自寻烦恼。可是，真的能接受自己混混沌沌过一生吗？如果走向垂暮之年才发现对自己一无所知，那我到底有没有在这个世界上存在过？

第六节

第二天清晨，马可带我来到餐厅。坐定之后我发现，这是一场全螺宴，烤的、焗的、炒的、炸的、生的……30 多种螺，仿佛要把螺的吃法一网打尽。

坐定之后，我迫不及待地延续昨天的话题。

"佛先生，您昨天说到打破观念，可是到底该怎么打破呢？"

"打破？"雅图晃了晃桌上的杯子，"观念可以被打破吗？"

"这……"我突然意识到，观念是无形的。

"梨子小姐，讲讲你熟悉的那些观念吧。"

"上不了好学校就没有好前途，没有好工作这辈子就完了，30 岁前必须结婚，结了婚才能生孩子，不生孩子的人生不完整，没有工作的人是没用的人，什么年龄干什么事儿，什么阶层干什么事儿……”我一股脑地把母亲对我说的话全讲了出来。

“这么多观念啊，脑袋里装得下吗？”

“装得下啊，我能说个几天几夜。就像您昨天说的，时间久了，都分不清是别人告诉你的还是你自己的想法。”

“你有没有想过，观念既然是看不到的东西，既不是金银财宝，也不是高楼大厦，却能束缚人、操控人，甚至让人们为之发动战争？”

“啊……这个……我从来没有想过这个问题。”

“螺的味道如何？”

“很不错，光顾着说话都忘了好好品尝了。”我尴尬地吐了吐舌头。

“我从小生活在岛上，螺到处都是，可是直到 15 岁，才第一次吃到螺，冒着杀头的危险。”

“吃螺会被杀头？”

“小时候的我生活在螺门岛，整个岛上的人都信仰螺门教，每周我们都要去一个巨大的螺面前做礼拜，螺门主教会给我们讲螺门教的故事，他们说最早人类产生于大海，与海豚之类的海洋生物并没有什么不同，后来，神灵挑选了 24 对最美貌的男女，用螺载着他们来到陆地，生儿育女，繁衍生息。螺壳，是神的栖身之地，他始终在里面庇佑着我们，而螺门，是天堂之门，我们死后会经由螺门踩着旋转天梯进入天堂。在螺门岛，吃螺这件事，不仅不能做，更不能想，如果真的有人敢于亵渎神灵，会被处以死刑。从我们还是个孩子开始，就会日复一日地学着朗诵螺门教的故事。”

“每天读不会腻吗？”

“刚开始新奇，后来会厌倦，但是渐渐地你会发现，你厌倦的说辞远比新奇的概念更有力量，它们早已在你脑中扎根，成为你精神的一部分，让你对此深信不疑。”

“您的家人呢，他们也深信不疑吗？”

“他们早已和这些故事融为一体。对于孩子而言，违逆螺门教也等于违逆父母。我的母亲告诉我，螺是我们的神，给我们带来了文明，保护我们的生命。她让我拿着空心的螺对着耳朵，告诉我可以听到大海的声音，她说这种声音是螺对人类的庇佑，第一次听到的时候，我感觉太神奇了，那种声音仿佛是从很遥远的地方发出的，我甚至流了泪，为自己被神灵庇佑而感到幸运。”

“后来呢？是什么动摇了你？”

“15 岁那年，我救了一个迷航的中国船员，他说可以带我离开螺门岛，去更大的地方看看。我跟着他一起去了中国。那是一个很特别的国家，我发现那里的人什么都敢吃，蚂蚱、蚕蛹、臭豆腐、让人产生幻觉的蘑菇，味觉的延伸让我的大脑变得更发达，也让我对味道的选择更加大胆。有一天，我经过一家餐厅，那家餐厅散发出一阵铁锈般的恶臭，但反常的是，外面早已排成了长龙，我看不懂中国字，但这更激发了我的好奇心，我猜想这种臭味是一种筛选，筛选那些有资格品尝它的人。于是我走了进去，很快，它们被端到了我的面前，我闭着眼睛一大口咽了下去，那个瞬间，哦……我感到天旋地转。”

“呕——那种味道，我猜想我也会天旋地转。”马可边扒拉桌面边做呕吐状。

“真是神奇的味道，我吃完了一整碗，连汤也喝得不剩。回去后我对那位船员讲了我的经历，他突然告诉我，我吃到的是螺蛳粉，咽下去的那堆肉粒其实是螺肉。听到这句话时，我简直如五雷轰顶。想到自己咽下去的是螺肉，我的每个毛孔都充满了恐惧，我开始对着螺门岛的方向不停地祈祷，祈求神灵原谅我。我很害怕自己被神灵抛弃，想起出门时带了母亲给我的螺，想听听看是不是神灵还在庇佑自己。可是那位船员却哈哈大笑，说我是被骗子操纵的傻瓜。他去了厨房，拿出一个锅扣在我的头上，我发现与螺声一模一样的声音充斥了耳朵，我不敢相信这是真的，于是我拿起厨房里的杯子、瓶子试了个遍，它们居然全都发出一样的声音。”

我难以相信，眼前的这位智者竟然也有蒙昧不堪的人生阶段。

雅图顿了顿，又吃下一块螺肉：“我的舌头真真切切地告诉我，我吃下去的那些黑色肉粒是多么地普通，嚼起来甚至并不比牛肉更美味，然而这样的东西，这么多年来我竟然以之为神。那一天，我的世界打开了一扇全新的大门，我心目当中的高塔崩塌了。”雅图瞪大了眼睛，“不知道你是否有过那种精神世界突然站起来的感觉，那天就是那种感觉，精神世界的站立替代了曾经的那座高塔。虽然我的外在没有什么变化，但是我知道，我从此与过去彻底不同。”

“所以，权威的坍塌让您逃离了过去的支配？”

“是的，从那天开始，我才有机会把眼光从神的身上放到自己身上，我不再想神恩赐了我什么，而是去发现我拥有什么；不再想神让我干什么，而是想我想干什么。连续多年，我在不同的国家晃膀子，我发现相比他们，我是一个一无所知的人，但是相比他们，我却是最自由的人。”

“为什么呢？一无所知反而更自由？”

“我发现，控制人的都是一些看不见的东西，如果你看不到它，就不会被控制。我们每个人都生活在两个世界里，一个是真实的物理世界，另一个是人类构建的观念世界。”雅图指着窗外，“看看外面，鲜花、海水、绿树、建筑，它们是一个绝对真实的物理世界。但是那些我们耳熟能详的词汇，天堂、信仰、婚姻、法律、事业、幸福、权力、平等，这些人类最看重的东西，谁也没见过它们的实物。譬如婚姻，它只是一种概念，存在于所有人的心智当中，当我们还是个孩子的时候，就被植入进去了。一旦被植入进去，我们就觉得它是自己应该做的事，如果做不到就会觉得羞耻甚至恐惧。”

“对，我一想到自己大龄单身就有些自卑，再一想到孤独终老就更害怕了，所以我会压抑自己让自己委曲求全，即便我知道两个人反而不如一个人更快乐。”

“任何一个东西给到另一个人，都需要征得对方的同意，唯独观念不一样。婚姻的观念授予你的时候并没有经过你的同意，也没有一个观念审查员检查你的性格是否适合婚姻，是否有意愿担负婚姻，还是说更享受独身主义，他们不由分说地把这个观念植入你的身体让你被它奴役而不自知。可是，如果他们赋予你的不是观念而是一个看得清摸得着的枷锁，那么你是不是有权拒绝它、打破它、丢弃它，绝不会轻易地把人生的希望交付在一个东西上面？”

“当然不会。”

“那么问题来了，假如这个观念不适合你，那么它就会束缚你、伤害你，让你恐惧，让你觉得你没有做到一件你必须做到的事。你会在我应该做和我不想做之间来回挣扎。”

“对！是这样！”突然间，我的体内有一种强烈的脱落感。

“每个人都活在自己的精神世界中，而那些观念，就像是精神世界中的锁链，覆盖在生命的表面，阻止我们去探索自我的真实样貌。”

“所以，一个社会的观念越多，人越容易活得貌合神离？”

“大概率如此。虫岛有1000年的历史，而佛岛只有-100年的历史。你们的历史更久观念更多，所以作为个体更容易不堪重负。”

“所以，在虫岛这样的地方，人有可能找到纯粹的自我吗？”

“并不那么容易，这是一个漫长的过程。‘我’并不是一种静态的存在，而是一种动态的发现。当你抛弃了观念的束缚，你会发现世界变大很多，原本需要鼓起勇气才敢做的事情突然变得举重若轻，你会有更多的选择，也许是一份工作，也许是一种生活，也许是一份永不倦怠的爱好，它们会帮你发现自己，点燃自己。就好比火，火并不是被发明的，而是被发现的。当人类发现了火，一切都改变了。”

“我感觉今天吃的不是螺，吃的是枷锁。”我笑着，满足地咽下碟子里的螺片。

“啊哈！”雅图举起了酒杯，“致敬那位中国船员，他让我的味蕾和精神都打开了美丽新世界！”

“喵呜！下雨了！”马可突然间兴奋了起来！跳到窗前左右跑动。

雅图走到窗前抱起了马可：“下雨对人和猫是不同的，对于人来说只是下雨了，有了清新的空气，但是对于猫来说，这是一场感官盛宴。它们除了用眼睛，还可以用鼻子来看，用耳朵来看。泥土的味道、虫子的味道、金属的味道、腐烂树根的味道，雨水与浪的交缠会全方位地淹没它们，就好像我们人类突然间坠入了一个比往日丰沛百倍的奇幻世界。”

“是的，比往日丰沛百倍的奇幻世界。”此时此刻，我确实羡慕猫更多。

第七节

与雅图的对话让我第一次审视自己的精神世界：我到底被什么所局限，我的螺门岛是什么，我是否能像他一样，逃离自己的螺门岛？回到猫窝，我试图厘清这些想法，触摸这些年的经历和那些无法忘却的记忆。

日期：2月15日

我想每个人的世界都是一个螺门岛，我们都在幻觉与真实的交杂中度过了自己的一生。

我的螺门岛是什么样的呢？恐怕是虫岛文化与原生家庭的结合体。

在虫岛上：

成功的人才值得被尊重；

赚钱是人生的唯一追求；

对他人付出是为了得到回报；

喜欢不重要，有用才重要；

人生就是不断地竞争：要么正在竞争，要么准备竞争。

快即正义：缓慢等待是不可取的。

一个人在不同的人生阶段必须用适当的标签确立自己的身份：

未成年人务必以学习成绩确立身份；

成年男性务必以足量财产确立身份；

成年女性务必以踏入婚姻确立身份；

适龄夫妇务必以生儿育女确立身份。

……

每一条观念都让我更像一个虫岛人，但是也与自己的天性渐行渐远。除此之外，影响我最大的就是家庭了。从记事起我就生活在外婆家，父母和弟弟更像是一家人，而我是多余的。每年最期待的一天就是自己的生日，我会收到父母送的水果罐头，味道真是甜极了，是我少有的体会到父母之爱的时刻。可有一天我去父母家拿东西，发现他们与弟弟吃着生日蛋糕，我好奇地问母亲，为什么同样是生日，我吃罐头而他吃蛋糕。母亲告诉我，男孩要长肌肉，所以要吃蛋糕；女孩要变漂亮，所以要吃水果。这话让我深信不疑，跑着跳着回了外婆家，可那天以后，不知道为什么，罐头再也没有以前那么美味了。

相比于父母，外婆总是能给我确定的爱，但很多时候，她看我的眼神又有些许的疲惫，我总是忧心自己到底做错了什么，让她散发出一种负担的感觉。我试图从她的言行表情中找出蛛丝马迹，可是常常表现得反应过激。随着日渐长大，我的乖巧和讨好也日益娴熟，我试图让她觉得轻松，试图让她认为我值得。

如果一个人总是得不到无条件的爱，就会想办法争取有条件的爱。12 岁那年，我得了虫岛顶尖少年人才奖，外婆来了，父母来了，鲜花和掌声环绕，每个人都为我骄傲，我成了这个家庭独一无二的焦点。父母在那一天也褪去了平凡人的外壳，站在人前人后享用那些羡慕的目光。为了庆祝，他们甚至请来很多亲朋好友，集所有人的目光于一身，这让我感受到从未有过的幸福。

那一天，我发现了一个秘密：拥有成就的人，就会拥有爱。它成了我人生中的高塔。我开始明白，这个世界上的一切都是有条件的，只有不断地为自己创造更多的条件，才有资格继续被爱。这个想法如同一座高塔，深长的影子淹没了我，不断地告诉我：如果失败，就不配被爱。

看到这里，你恐怕会觉得我虚伪又懦弱：一个怀疑工作的人拼命工作，一个怀疑婚姻的人想要婚姻，一个女权主义者着急结婚。可是谁又不是在自我坦诚和自我欺骗之间来回摇摆呢？这就是真实的我。

可回溯童年，我并不一直如此，那时候我还没有成为一条缩头缩脑的蠕虫，还是一只天然的、胆大妄为的小兽。放生邻居的鸟，捣乱讨厌的老师，每到周末都会带些坚果，去很远的山上和松鼠一起玩。虽然童年并不是满格的幸福，但至少能量充足。18 岁时，我对人生充满了希望，觉得自己早不是脑袋上挂着蛋清的雏鸟了，已然对飞行的方向有所掌握。可后来发现，这完全是我对自己的误判、对世界的误判。

大雄长大后，哆啦 A 梦出走。孩子们并不知道，长大并不是梦想实现的前奏，而是梦想消弭的开端。那个为所欲为的任意门会在 18 岁这年准时上锁。我逐渐意识到，我这样的人，站起来勉强算中产阶级，可一蹲下，那就是根正苗红的底层，所以，没有抗拒的理由，我进入了专业化、重复化的生存，我变得职业而慎重，也变得狭窄而麻木。十来岁时，我有很多期待、很多热爱、很多愤怒，大脑像冒着泡的热汤，源源不断地冒出很多新想法。可工作之后，我的脑子就像一个鲇鱼池，工作像鲇鱼一样来回穿梭，狭小的池子锁住了我全部的生活。偶尔在现实与梦境的模糊分野中，我会回想起小时候。小的时候，小女孩有梦，想做画家、科学家、探险家、艺术家，想拥有一份白雪公主般的爱情。长大后，只剩下了生存和结婚。如果长大后只能这样活着，那小时候何必有梦？

第八节

当你所处的空间变换，你会用全新的视角审视旧空间中的自己。在佛岛的这些天，我与虫岛那个自怨自艾的梨子有了些距离，心情放松不少，但我毕竟不是佛岛人，终究要回去面对现实。我决定去趟黑鲨滩，很久没有冲浪了，我需要放空自己，好好想想自己以后怎么办。

告别了雅图，我踏上了回程。走向电梯的路上，马可陪着我，几天的相处已经让我们成为无话不谈的好友。

“佛岛到底是一个什么地方？为什么这里的人看起来一个个眉目舒展、自性天然，好像从没有什么烦心事。”

“他们已经越过了生活的表面。”

“越过了生活的表面？”

“是的，这是一个只有理性人的岛屿，和这个世界上其他任何地方都不同。其他地方都是一群各式各样的人定居，然后繁衍生息，但是佛岛并不是一个生命繁衍地，而是理性智慧的繁衍地。这里的所有人都不是生在佛岛，而是经历了筛选和推荐才待在这里。他们当中不少人在自己的家乡经历过不小的成就，或者说经历过一些常人难以忍耐的重大变故，他们在这个过程中发现了人生的真谛，想要在精神层面不断抵达更高层的理性智慧，为了不被打扰，他们会选择佛岛。这些人早就洞察了这个世界虚妄的一面，所以，他们不会游离在表面，为表面的得失起伏而痛苦。”

“这里好像年轻人不多？”

“因为年轻人总要迷失一阵子才能回归理性，才会热爱那种透过表象看本质的快乐。这里的人，你看不到他们有太多的忧伤，因为一个洞悉了本质的人，是不会被表象牵动的。而且他们排斥人动物性的一面，他们觉得虽然人类文明已经高度发达，但是人类本身的进化却非常缓慢，甚至和祖先差别不大，他们对这样的进化速度并不满意，他们想要的是一个有更高智慧的人类群体，剪除基因中自带的那些劣根性，在未来登上其他星球，建设属于人类的顶级文明。”

“听起来真让人羡慕，我可以定居在这里吗？”

“目前还不能，你的人生阅历还太简单，还停留在生存的表象当中，当然，也有一些虫岛人确实生活在佛岛，但你还没见到他们。从情感的角度来说，他们和佛岛人一样，无忧无虑，但是他们永远都不会被认可为佛岛人。”

“他们为什么要来这里？”

“基于他们自己的需要，基于佛岛人的需要。”

“好吧，看来佛岛也有种族歧视。”

“没有，我就活得很好，应有尽有。”

“哈哈，这么说来，人活得真不如猫。哎，我这次回去，是想好好想想以后的事。我有一个朋友邀请我和她一起开拳馆，她是虫岛的名人，我是有些心动的，但是你知道的，很多观念就像铁墙一样挡着我，打破它们需要时间。如果是你，你会选择去做一件成败难定但是你想做的事，还是会做一件不会失败但是你不想做的事？”

“猫不会自己骗自己。”

“可是如果，我是说如果，选择了以后失败了怎么办？”

“失败，那是未来的事。我们猫的世界里，没有未来这个概念。”

“没有未来？”我突然间意识到，原来未来也只是一个概念。

“我们猫过着100%真实的生活，我们只有当下。如果想抓老鼠就去抓它，从不会想没抓到怎么办。”

“你们会在意别人的看法吗？”

“这个问题很蠢，我们猫只管自己，不管别人。”

“对哦，我们管不了别人……”

转眼就走到了电梯门口，我抱起了马可，蹭了蹭它的脑袋。马可真是好闻，脑壳的前调是柑橘，中调是焦糖，后调是肉桂，很清新又有安全感：“我会很快回来找你的！”

“会吗？”马可看着我的眼睛。

“怎么了，不相信我啊？”我觉得它的口气很怪。

电梯很快就开了，我走了进去。

“记住，我们在佛岛的 7^7 街，$\sqrt{7}$ 幢。每个7的倍数日，虫岛通往佛岛的电梯会开放，你务必在早上7点按下密码，才能来到佛岛。”马可站在电梯旁门口，又详细地对我描述了一遍地址。

我点点头，电梯门很快关闭，又是一阵眩晕的晃动，不过因为这次比上次多了心理建设，感觉并没有那么难挨就已经抵达了虫岛。“终于到了！”电梯门打开，我长吁一口气，三步并作两步地走出虫岛大厦。

已经是晚上 11 点，虫岛大厦依然是灯火通明。这座大厦分 A、B、C 三座，我以前只觉得这三座楼放在一起，像是三个突起的小山包，今晚仔细看了看，突然觉得像是三只螺，作为虫岛的地标性建筑，这里汇聚了虫岛最大的商业集团，名校生们以能够来这里上班为荣。在这里，有些人白天上班到深夜，有些人深夜上班到傍晚，并没有清晰的白天黑夜之分，还有一些压根不喜欢睡觉的人甚至可以每天从清晨工作到半夜。每个人都像是在参加奥林匹克比赛，希望自己更高、更快、更强，好不被别人那么轻松地落下。我看着来来往往的人心想，这些人终日忙忙碌碌，却不知道自己每天坐的电梯只需按下一段神奇密码就可以去一个令人向往的世外桃源。

我准备开车回去，突然看到一个熟悉的身影，是林黛丝。她向我这边看了一眼很快扭过头去，转身走进了虫岛大厦对面的海马体咖啡厅，她似乎在等人，但是看起来有些心绪不宁。“原来她也有慌里慌张的一面。”我和林黛丝从同一所大学毕业，虽然都是校友，但我很质疑她在学业上的资质，大学的时候，她的成绩很差，我一度怀疑她到底是经历了多大的超常发挥才进入了虫岛中央大学。但是毕业几年后，不得不承认，她显然混得更加如鱼得水。刚进入公司的时候，我们的工作业绩相差无几，我甚至略胜一筹，但她后来拉到了一个战略性资源，于是很快被委以重任。再后来，她的这种拉资源的能力不断彰显，我们在层级上的距离也渐行渐远。林黛丝大小姐脾气十足，常常一言不合就发飙，很多同事都对她敬而远之，据说，她的每一任男朋友都会被她折磨得早早开溜。即便如此，这些年来她一直稳坐钓鱼台，没人能拿她怎么样。而我，虽然能力不差，人缘不错，一直拼了命想进核心部门，可是总在重要关头差那么一点，时间久了，也不再用奢望折磨自己，能在边缘部门做一个主管不被裁掉已经是皆大欢喜。

已经很晚了，想起不快乐的陈年旧事更让人疲惫，彼此回避是正确的决定。但凡让我不高兴的人和事，我都不去看、不去听、不去想，毕竟明天要精力满满地去冲浪。

第九节

第二天，我来到了黑鲨滩。

站在海上，踩过一波又一波的海浪，乌云低沉，仿佛要压我入海，海风越吹越劲，我也一浪迭一浪地振奋。人很难同时感到渺小又伟大，只有冲浪时例外。徜徉在海洋之中会觉得自己与任何一滴海水并无不同，但你又因为驾驭海浪而对自己发出赞叹。当你与海浪融为一体，所有的烦恼都会让位于大海的心跳，大海的韵律中，我不再是虫岛的一分子，而是海的女儿。

突然间，一阵飓风中断了节奏，我被巨浪卷入了海中。此时的我力气已经消耗大半，水流的力量裹挟着我，我拼命游向岸边，精疲力竭地倒在了沙滩上。躺在沙滩上，满足与疲惫沉入身体深处，我双眼半开半合，那些杂念渐渐复苏，我又想起了拉琪。我经常想起她，但那并不是一种想念，而是忍不住想起她的一切。

拉琪是大我三岁的发小，我们在一个街区长大，同属于最下层的中产阶级，她的父亲是一名美术老师，而母亲则是一个传统意义上的家庭主妇，但是家庭主妇当久了耐不住寂寞，更何况长了一张人人都会流连忘返的漂亮脸蛋。突然有一天，她母亲消失了，人们传言她曾与某个富商在一起，大概率是跟着富商跑了。从那以后，拉琪总是被邻居们指指点点，朋友一下子少了很多。不过我还是愿意和她在一起，因为她与别人不同，她似乎有一种化一切为能量的本事，那些沉重的黑暗对于她仿佛并不是一种压迫，而是一种更为汹涌的能量，让她拥有更多，这种复杂的魅力令我十分着迷。我曾以为她会恨自己的母亲，可她却告诉我：她理解母亲的抉择，在虫岛，穷就是人间地狱，假如能找到一个人离开地狱也未尝不可。她鄙视自己的父亲，认为他空有才华却毫无本事，眼睁睁看着自己的妻子和女儿受穷。母亲离开之后，拉琪只能与父亲相依为命。拉琪传承了父亲的审美素养与母亲的美人基因，以至于你很难相信这样一个美的化身出生在一个下等街区。父亲希望她上大学，但她并不相信穷人上大学就能变成富人，于是早早顶着一张与母亲同样漂亮的脸蛋开始在社会上谋生存。她遗传了母亲那没有情感的冷白皮肤，一双褐色的深邃眸子镶嵌在顶着褐色长卷发的消瘦脸蛋上，细长的脖颈犹如兰花的叶子，你无法拒绝她迷人的回眸一笑，少女时期的她就像是破布包裹着的名贵花瓶，没人能忽视她独有的光辉，因为美，你想要接近她，也因为美，你不敢靠近她。

真正的美人无须提醒就知道自己有蛊惑人心的特权，不过相对于那些用脸蛋换糖衣炮弹的可人儿们，拉琪更懂得用这种特权为自己搭建阶梯，兢兢业业，从未懈怠。如今的拉琪，早已将黑暗化为翅膀，从地狱爬上了天堂。她富有，知名，是诸多女性羡慕和模仿的对象。虫岛知名的女性机构女性力量（Women Power）由她创立，几年来成绩可圈可点。由于激烈的贫富分化，虫岛很多的女性并不容易找到比自己更加富有的男性伴侣，加之女性独立意识的崛起，单身女性日渐成为主流，拉琪顺势而为，把自己打造为新时代的女性偶像。她鼓励女性反抗婚姻、生育自由、靠自己的能力赚取财富。她会在网络上秀出自己的生活：美丽、富有、单身、育有一对儿女，没有人知道孩子的爸爸是谁，但是她告诉粉丝们这并不重要，一个女孩子不靠男人也可以有尊严地繁衍下一代。这种自给自足的潇洒生活令女孩子们十分羡慕，羡慕她有颜有钱，羡慕她独立勇敢。

可毕竟我们曾经亲密无间，我们在一个浴缸里洗澡，一起对着镜子比胸部的大小。只有我知道她曾经交往过三个改变命运的男朋友，完成了个人财富和资源的三级跳。第一任是一个小老板，爱上了当时还是员工的她，疯狂地追求她，想与她结婚，可是被她拒绝了，后来小老板由于债务问题跑路，但依然留给她一笔不菲的生活费；第二任则是知名的画家兼收藏家，称她为灵感缪斯，以她为创作源泉的画作曾经拍下了天价，不仅让她赚到了钱，也让她本人成为某种艺术符号，不少有身份的男士不仅收藏有以她为创作灵感的作品，也以与她交往为荣；第三任男友则是一个企业家，给她投资了让她名声大震的Women Power，虽然外部看来只是投资人，但其实是紧密的伴侣。这些男人给了她很多帮助，不过她没有与任何一个人走进婚姻。我尚记得，她与画家分手之后，曾经的那个小老板来找过我，说他见不到拉琪想让我帮帮他，他当时身携巨款，想带拉琪去国外。可是拉琪拒绝见面，没多久小老板就因为经济问题进了监狱，刑期漫长，再也没有机会一睹拉琪的芳容。

多年来的社会混迹，让拉琪比那些被教育过度规训的女孩看起来更有江湖气息，伴生的是一种不受约束的生命力。不过每当接受媒体采访，拉琪都会将江湖的那一面置之一旁，露出颇有教养的精英气息，一脸真挚地讲起自己这些年兢兢业业的女性发展史，让女孩子们相信她的成功可以复制；而一旦进入其他场合，她会为了目的成为任何人。虽说虫岛的阶层已经板结，但无疑，拉琪的出现像是板结中的一道裂痕，散发出诱人的光芒。当然，这背后的故事无人知晓，人们总是被偶像的光芒占据了耳目，很少留意她背后的影子。

我已经两年没见拉琪了，自从两人的阶层渐行渐远，我们见面的次数越来越少，不过通过网络，我们依然是讲话坦诚相见的发小，我像是她在华丽舞台背后的一张旧沙发，累了倦了轻轻停靠，总能找到久违的安全味道。可有时我也会想，是不是自己也能走上那样一个舞台，哪怕作为一个配角，看看聚光灯下的主角什么样？

被裁员和开拳馆像是无缝衔接。拉琪刚一知晓马上就伸出了橄榄枝，这么善意的邀请似乎找不到任何拒绝的理由，我与她如此地熟悉，多年的友谊奠定了合作的基础，而她的名气也会为这项事业添砖加瓦。老实说，选择我更像是她对我的提携，以拉琪的影响力，她不必非要找我。我的能力还没有达到非我不可的程度。不过我一直都很热爱运动，开拳馆是我感兴趣的事，更重要的是她愿意让我当合伙人，去统筹整个拳馆的发展，这是我曾经在公司里求而不得的。可分析来分析去，我的内心依然像个剧团，主角阐述人生宏愿，反角高喊此地危险，两种想法来回拉锯，我始终下不了决心。

我躺在沙滩上吹着海风，双手揉搓着沙子。突然，我摸到一个硬壳状的东西，抓出来一看居然是一只海螺。它巴掌大小，褐色的螺纹从下至上一环跟一环。它让我想起了雅图讲的故事，我把它拿到耳边听了听，果然像大海的声音。我拿着拳头大的海螺在手里把玩，脑子里的想法也像螺纹一样盘旋。我突然萌生一个想法，如果螺纹是奇数，那就马上给拉琪打电话，如果是偶数就继续找工作。我闭着眼睛倒计时，祈祷它是偶数，可睁开眼数了好几遍都是奇数。我只好拨通拉琪的电话，本想佯装寒暄几句，没想到她单刀直入，邀我明天见面。

第十节

第二天上午，我准时到了虫岛大厦对面的海马体咖啡厅，刚坐定就有人向我耳朵后面吹气。我抬头一看是拉琪，她正笑容满面地走向我对面的椅子。

“两年多没见了。”声音很熟悉，但口气已然像一个饱经沙场的女总裁。

“我可是天天有空，等着全民偶像施舍我一个下午。”

“瞧你说的，想通了？”

“这不等你当面点拨我啊。”

“不放心我啊！”拉琪嗔怪。

“拉琪姐，为什么想到找我？”

“因为你刚刚好。”

“刚刚好？”

“能力刚刚好，年龄刚刚好，性别刚刚好，最重要的，是信任刚刚好。”拉琪顿了一下，接着说，“比你年轻5岁我不要，年长5岁我也不要，是男的不要，不熟悉，绝对不要。”

“这么苛刻的条件，你要开一家什么样的

拳馆？”

“虫岛首家女子拳馆。”

“女子拳馆？为什么要限定性别？”

“我的粉丝都是追求独立的女生，拳击是勇者的对抗运动，来这里她们可以感受到自己在变强大，变得敢于战斗，敢于对抗，更重要的是体会到 Women Power 的精神主旨，这种东西不是用语言就能表达的，一定要有一个场所，散发出那种气息，形成那种文化，让她们体会得到。”

“这也太有挑战性了，你觉得我能行吗？”

“当然可以，这家拳馆你说了算。而且我愿意给你分配股份。”

“股份？”

“对，你不再是一个工具人角色，而是又有决策权又有股份，不过呢，我会带一些老人和钱过来，你最好也洒洒水，投一点钱进来，我对他们好交代，你也会更上心。”

“投多少？”

“100 万岛币，5% 的股权。当然，如果你投更多的钱，也可以开放到 8%，其实你可以算一算，这个价格并不贵，100 万都不够一个季度的运营，我会投资大头，1 600 万，而且会从我原有的公司里拿出一个团队供你差遣。至于你职位的名称，怎么样好听怎么样起就好了，反正你是他们的老板。但是正式盈利之前你是不会有工资和分红的，可能要过一段苦日子，不过不用太担心，一开业就会来很多粉丝，苦日子不会很久。”

“你对粉丝的号召力太强了！”仅凭个人魅力就能如此一呼百应，我不禁心生羡慕。

“嗨，表面上是我号召她们，实际上是她们需要被号召。”

“需要被号召？”

拉琪顿了顿，褐色的眼睛如琥珀般沉静：“人之所以需要偶像，是因为她们认识到了自己的软弱。她们没有能力拥有自己的人生观，所以需要给她们偶像，把她们空缺的部分给补起来。她们模仿我的观念，模仿我的衣食住行，都是在完整自己。”

“可她们毕竟不是你……”

拉琪耸耸肩：“这不重要，至少因为我，她们觉得人生有了另一种可能。你知道吗？有很多粉丝为结婚发愁，后来受我影响，已经有不少粉丝开始寻觅优质精子，准备给自己生孩子了。”

“不结婚，然后生孩子？”

“是啊，孩子是给自己生，又不是给男人生。上帝给女人子宫是巨大的恩赐，可以自己制造血脉亲人，男人就不行了，找不到女人十月怀胎，基因自然会被淘汰。”

对于她这番离经叛道的言论，我还是感到骇然：

“你还是那么酷。不过你的小孩有没有跟你说，他们想要完整的家庭？”

“那需要定义什么是完整的家庭。在这个世界上，有的家庭缺妈妈，有的家庭缺爸爸，有的家庭缺爱，有的家庭缺钱，每个家庭都会缺点什么。我告诉他们，如果一个家庭父母齐全却穷得叮当作响，那才是不完整的家庭，应该叫孤儿家庭才对。”

“孤儿家庭？”

“这些孩子得不到父母的任何支持，难道不是孤儿吗？”

回想自己过去这些年的处境，我竟然有种被说服的感觉。更让我羡慕的是，她总是有能力脱离传统束缚，根据现实变化创造出崭新的观念，而人类的世界就是观念的世界，如果他们在旧世界里觉得束缚，自然会迫不及待地奔向新世界。所以，这恐怕就是她能有那么多信徒的原因。

“以后也不打算结婚了？”

拉琪摇摇头。

“那些男友，你没想过和他们结婚？”

“有一个我想过，不过我想，可能他以对我好的方式让我放弃了婚姻的承诺。”

我有点不解。

拉琪看了看我，喝了口咖啡不再解释。

“他向你求婚，你会答应他吗？”

“我不知道，你知道人生没有回头路。我们这种社会底层，就像是去罗马赴宴的异乡人，披星戴月、风雨兼程、流血流泪，为的就是和生在罗马的人坐在一张桌子上吃饭，人家一小时的谈笑风生我们要走几十年的路程。婚姻又算得了什么呢？”

“对。有人生来就在罗马，有人生来就是骡马。”

“哈哈哈哈，有文采！你现在还挺幽默啊。”

“还好啊，我只是……理解你的选择。以前我太轴，总觉得30岁前不结婚真是要命，现在也想开了。所谓婚姻，不过是一种观念罢了，你不在意它，它也不会拿你怎么样。”其实我不知道自己是不是真的想开了，但是面对拉琪，我还是操起佛岛学到的东西现学现卖。

“说对了！我奋斗就是为了有僭越观念的资格。所谓爱情，也不过是观念的骗局，影视商人编些无脑故事卖给底层妇女赚得盆满钵满。而这些女孩儿呢，搞不清楚什么重要，竟然真追求起爱情来了。”

“可是……难道爱情不重要吗？”

“根本不重要！这只是少数女人的特权而已。什么是爱情？说到底只不过是人们喜欢漂亮聪明的人而已，这东西就像奢侈珠宝，没有它，你照样活得很好，可如果你想要又买不起，那才要你的命。如果这么多年来我追寻的是爱情，那你只能在贫民窟里见到我……”拉琪双手撑着腰拱了拱肚子，瞪大了双眼，“我可能挺着大肚子，哭哭啼啼地替那些贵妇生孩子。”

拉琪这番功利十足的话让我脊背发凉。沉默半晌，我突然发现她的眉心有一道若隐若现的细纹：“每天会想很多吗？现在混这么好，会比小时候更快乐吗？”

“一半的我更快乐，另一半的我更不快乐。如今，我的孩子让我很快乐。”

“那你觉得你的思想会让你的粉丝更快乐吗？”

“偶像的责任不是让粉丝快乐，而是让粉丝狂热。我不是什么救世主，我只是给她们开一扇窗，有的人得到光明，有的人头朝地，全看个人造化。”

“昨天我在想，可能你拉我开拳馆，是因为我是你相信的人，可是我又想，这么多年了，你周围这么多厉害的角色，选我似乎并不划算。”

“什么是划算？信任是最大的划算。可是信任源于熟悉，可能我从小吃多了黑面包，在那些吃鱼子酱长大的人身上，没有我熟悉的味道。”

“黑面包真是永恒的记忆……”

“我想忘记来着，可一旦有人踩着我，我就会呕吐，呕吐那种熟悉的酸涩。”拉琪笑了笑，“你还记得那天放学我们都很饿，我从家里偷了最后一块黑面包和你分着吃，被我父亲发现了追着打吗？”

“记得，怎么会忘记，他拿皮带抽你的背，你死活不说面包去哪了，可是那天我真的吃饱了，你用皮带换来的。”

“我对父母没有什么感情，他们的存在只会提醒我为什么投胎在人间地狱。可你不一样，你是亲妹妹一样的存在，这些年我已经习惯了一个戴着壳的拉琪，只有你，让我还是原来那个小拉琪，那个摸着你胸睡觉的小拉琪。所以我只能想到你，只有你和我一起做事，我才能睡得安稳，分钱给你，我比自己挣钱还高兴。”

“可是我这么久都没回复你……”

“谁的日子都没那么好过，我知道你会在适合的时候来找我，我有感觉。梨子，只有信任，信任让我觉得这个世界有希望，等你有孩子你就知道了，被人无条件地信任是多么幸福，你会觉得一切都值了。”

“其实我今天来找你就是心里放不下你说的事，这是让我重启人生的一次机会。”

“梨子，是我们一起重启人生，像小时候那样，简单干净的人生。”

“如果我的加入可以让你有更多安全感……”我竟有些语塞，只好点点头，“我回去清点一下。”

“太好了梨子，我等你这句话很久了！”拉琪走过来抱紧了我，我又一次紧贴着她兰花叶子一般纤柔的脖颈，是我熟悉的晚香玉气息，我送她的第一款香水的味道。虽然只是一瓶廉价香水，但也是我在那个年岁所能担负的最好的东西。收到礼物时，拉琪很开心，在她的手腕喷了喷，又在我的手腕喷了喷。我闻了闻她，又闻了闻自己，惊诧地发现同样的香水在我们身上竟然是不一样的味道，在我这里只是一种肤浅的温暖，然而在她身上，气息变得纤细、温柔，像是某种缱绻的暧昧，那种氛围让你卸下戒备，落入专属于她的小宇宙之中。

第三章
“看！穷人！”

第一节

回到家之后，我开始整理自己所有的银行账户，凑来凑去才发现只有 40 万岛币，不过这些年我陆续在母亲那里存了 60 万让她打理，我想问问她能不能给我打回来。刚准备拨号时，另一个电话打了进来。

“梨子小姐您好，我们这里是 Blueart（蔚蓝无限）人力资源部。”

Blueart？这个名字让我血压陡升。大学毕业时，很多人都很想去这家公司，它和瑞兴是同一领域，但是瑞兴屈居第二，它才是蜚声国际的第一大巨头，无论是规模、利润率、员工素质都甩出瑞兴一条街。虽然能够进入瑞兴已经让大多数人羡慕，但是能进入 Blueart 的人，才是所有人眼中真正的佼佼者。对方说在网上看到了我的履历，认为我非常适合他们核心部门的二级管理职位。这样的职位是我曾经在瑞兴公司求而不得的，本以为再也与这些公司无缘，结果 Blueart 自行送上门来。

“梨子小姐，有时候评估体系的不完善可能会让一个人才得不到应有的待遇，但是这样的情况在 Blueart 是很少的，我们很仔细地看了您的履历，有非常强的忠实度和连续性，而且您曾经做的 New Life 项目给我们留下了非常深刻的印象，虽然没有完全落地，但是有很强的前瞻性，这种能力是 Blueart 非常看重的。所以我们认为目前的这个职位非常适合您。而且这个职位的薪资比您之前的职位至少上浮 30% 以上，还是比较有竞争力的，我们很期待能与您见面沟通。”

“哦，我近期还有一些其他机会，您能容我考虑一下吗？”

“当然可以，优秀的人才总会有很多机会，我们非常理解，也非常幸运能够找到您这么优秀的候选人。不过呢，作为业内顶级的公司，我们也具备绝对的自信，可以让真正的人才在入职之后对我们非常满意，希望您能优先考虑我们公司。同时也想跟您私下悄悄说……”对方压低了声音，“这个职位的选拔不仅是我一个人在做，我希望其他同事不要把能力经验都不如您的候选人安在属于您的位置上，所以，如果您方便的话，希望我们可以见面详聊，部门老大顾总把您的履历放在第一个哦，如果到时候双方聊得满意，可能当场给出 offer，offer 就像女人的包包，总是不会嫌多的对吗？”

“明白，我考虑一下。”对方的一番说辞让我很难拒绝。

“那我邮件发您地址和前台电话，如果您方便的话，咱们后天上午 10 点见。”

挂了电话后，我的脑子里嗡嗡作响，镇定片刻还是决定打电话给母亲，然而刚说出拳馆的事电话就被挂断。不一会儿，母亲就径直冲进了客厅。

“不要去！”这是她进门的第一句话。

“我已经答应拉琪了。”

“那现在就拒绝她。”

“我都答应了为什么要出尔反尔？”

“为什么要出尔反尔？好，我告诉你理由！”母亲严词厉色，俯瞰着沙发上的我，“你外婆出生的年代，人和人站在一个平面上，所以你今天才能睡在她留下的公寓里。可现在世界变了，人就像晾凉的稀粥一样分了层，论不幸，我们在下层，但论万幸，我们还没到底……”

“这些我早就知道，不需要再提醒我。”母亲当了半辈子老师，我受够了她那堆迂腐的陈词滥调。

“不，你活得太短，还配不上明白真相。我们这样的阶层，是体面的可怜人，一场重病、荒唐的投资、突然的失业，分分钟让你堕入底层。你没有丈夫，没有万贯家财，你觉得你有什么资格折腾？”

“有必要这么上纲上线吗？我只是跟拉琪去试试，失败了我还可以继续上班。”

“拉琪是什么人难道我们这个街区的人不知道吗？是，她现在成功了，所以把难看的事情扫到脚底下，可这不代表不存在，你跟着她混，如果没有成功，她还是拉琪，而你却坏了名声。好端端地，狄森屏为什么不联系你？还不是因为看不上你，你现在连他都拿不住，等你年龄大了坏了名声，还有谁能让你选择？”

“我们只是不适合，我需要找适合的人。”

“适合的人在哪里？你觉得虫岛的男人会抠了眼珠子爱上一个身无分文的老灰姑娘吗？”

“难道人活着一定要结婚吗？你结婚之后很幸福吗？我现在四肢健全，身心正常，有自己的爱好，这样活着有什么错？”

“你没有错，错的是你的人生！你知道一个堕入底层的单身女人会经历什么？每个男人都觉得你可以欺负，每个女人都会觉得你是一个奇葩。那个时候，你会发现你的高等教育没有屁用，每天只能为了芝麻粒大的利益你死我活。你还冲浪、搞艺术……你那点小中产阶级自以为是的趣味只会成为别人的眼中钉、肉中刺，谁路过都会踩你一下，发泄自己向上而不得的绝望。这样的日子你不会有一分钟好过，过了中年无儿无女，你连胸罩都买不起，只能坐在大街上凸着奶头晒太阳。”

“妈妈啊，虽然我觉得我和你一点也不像，但是刻薄这一点上我可永远不会比你强。如果你想羞辱我，大可扇我耳光，没必要把这些恶心的情节安排在我的头上！”

“我说的不是剧情……”

“你说的是什么？你自己的人生经历？”我对她完全丧失了耐心。

“我说的是你外婆。”母亲紧抿着嘴唇，脖颈上的青筋暴了起来。

“嗬，连死人你也不放过？外婆怎么可能这样，我记事起她就是喜欢待在屋子里看书的人，她的灵魂比你高贵一百倍！”

“是，这是你的外婆。可是我的母亲不是这样的，她的一生受尽了屈辱，而且慷慨地把这份屈辱分给女儿一大半。”

“你在说什么？”我知道她很讨厌外婆，但这样的话还是让我很震惊。

“我告诉你，现在去找一份好工作，没了狄森屏你还能找到别人，可如果你跟了拉琪，如果你失败了，你会一无所有，你连不结婚的资格都没有，到时候你才是真正的被迫选择婚姻。跟没有受过教育的烂男人生一堆傻孩子，把自己的人生糟蹋进粪沟里。”

“你别再说了！”她说的场景实在太可怖，我一句话都听不下去，“我的人生我自己负责！”

“梨子，不要以为生活艰难就值得放弃，一份艰难的生活已经来之不易。我一直说你的脑子比你弟弟的好用，这下好了，他会看着自己的姐姐如何犯蠢，如何好牌烂打自毁人生。”

“又跟我说弟弟？如果你当初没有生他，我怎么会出现在外婆家？你站在这里觉得教训我很有资格？你作为一个女人，对得起‘女人’二字吗？在学校里当学生的道德卫士，可是在家里却用不齿的方式对待你的亲生女儿。你对我说话很硬，可你骨头很软，你永远看着爸爸的脸色行事，你怕他抛弃你，怕你成为别人眼里的没人要的女人，你们多久没做过爱了？你以为他是自我解决的吗？你身上的花花绿绿你以为我不知道吗？噢，我的母亲可真酷啊，白天当老师，晚上参与‘文身派对’！”

母亲终于不说话了，立在那里红着眼眶全身颤抖。

“你觉得不结婚是十八层地狱，还要把自己的枷锁传承给我，可我告诉你，你这种结了婚每天自取其辱的人下的是第十九层地狱！我不结婚养不起自己我会自我了结，至少不会贪生怕死地受尽屈辱。”说完这番话后，我只觉得自己快要爆炸了，转身进了卧室。

我躺在床上眼泪直流，我不明白，为什么我就不能有一个温暖的家庭，有一个善解人意的母亲，想做什么就可以大胆地去做，而要被关在这里像一个被命运操纵的小丑，平白无故地承受这些不幸。我勤恳努力了这么多年，可是依然看不到爱、看不到希望、看不到自由，只看到一个人黑漆漆地负重前行。我到底做错了什么，要承受这样的命运？我不知道我这样的人活一辈子到底是为了什么。

我在床上躺到天黑，走出卧室才发现，黑漆漆之中，母亲居然还坐在那里。我不想与她说话，叼着烟径直走向冰箱。突然她张了口，眼神里满是恐惧：“不要去，你骂我可以，但是你不要去，时代不同了，我不能眼睁睁地看你堕入谷底。”

我猛吸一口烟没有说话。她又看了我一眼，然后起身离开了。我看着半明半暗的烟头怔了好久。

第二节

日期：2 月 19 日

母亲的话让我彻底失眠了。

好久没刷社交网络，连刷一晚是满满的失落。林黛丝和启明公司谈下一个很大的战略合作项目，前同事们一副皆大欢喜的样子；久未谋面的 Niki 在老公的资助下开起了高端整容医院，过了这么多年，眼看着她越变越年轻，越变越漂亮，甚至登上了女企业家杂志的专访；以前总被大家嘲笑脑袋空空的班花 Amanda，最近摇身一变，作为董事长总助奔赴美国敲钟，成为财务自由的女人。这一切似乎与我有关，但实际上全然无关，过去的日子，对外界保持无视已经成为一种自我保护，没有什么比告诉别人自己失业更惨的了。

人到底在追求什么呢？追求自己喜欢的就是正确的吗？还是说应该追求正确的而不在乎自己喜不喜欢？抑或是说所谓的正确只是一种强加的观念，在灵魂的满足面前不存在所谓的正确可言？

我该怎么办？

写完日记我又在家里昏睡了一天，直到第三天清晨，我看了看衣橱，还是决定梳妆整理去 Blueart

面试。经过了几轮沟通和盘问，他们的几个话事人都对我印象不错，顾总一直很认真地聆听我的想法，看起来是一个很有耐心的老板，面试结束竟然当场给了 offer，月薪可以提升 40%，但是限我一周之内给出答复。

第三节

回到家里，拉琪已经在催着我尽快上班，可母亲的话依然在我脑子里盘旋，与同学们的落差感也让我心思沉闷。我在纸上不断地写出 Blueart 和拉琪，不停地思量去任何一方的理由，我甚至开始抓阄，反反复复地想得到一个不费力的答案，可来来回回总是不能如愿。我像是骑在高墙上的人，落向任何一方，都让我恐惧不已。

良久之后我决定反向思考，问自己有什么理由不去 Blueart：我穷，我有工作经验，这是我身份的特征，而这种人最好的选择就是凭借这份经验去干一份薪水丰厚的工作。如果去了拉琪那里，我没有足够的钱购买股份，短期内也不会赚到更多的钱，母亲会反对我，周围的人会看不懂我，如果项目失败我很难找到比以前更好的前途。可是如果去了

Blueart，无论是公司的排面还是自己的薪水，都足以让母亲非常骄傲；很多我以前想买又买不起的东西终于可以毫无负担地拥有；那些明里暗里搞攀比的聚会我也不再会心虚。这一切难道不是自由吗？我想要的所谓自由又是什么呢？选择 Blueart，每一个好处都很明显，除了工作不喜欢，所有好处都喜欢。

可是，我已经答应了拉琪，也决定了要奔赴一份喜欢的工作，我不能违背承诺，更不该背叛自己。

来回的精神撕扯让我疲惫不堪，为了转移焦虑，我又开始不停地做蜡烛，我试图重新做出那个被荆棘束缚的维纳斯，自从她被摔碎之后，我就一直念念不忘。经历了三天的劳作，就差她周围的剑了，可是材料居然不够了。我放下工具，驱车去工艺品商店。采购完材料将近傍晚，夕阳沿着高楼间的缝隙落向马路的尽头。此时，对进入黑暗的恐惧让人的焦虑走向峰值，我突然很怕回家，回家就要面临黑夜，面临我无法承担的两难抉择。我无处可去，只好靠着车抽烟，一根接一根，大脑逐渐麻木。

“看，穷人！”一个小男孩拉着母亲走了过来，母亲朝着我的方向下意识地点了点头。我顺着孩子的目光，才意识到他在看着我的车标。我回过神儿来，想说孩子真没有教养，却发现那母亲已经头也不回地走了很远，华贵衣服包裹的背影在夕阳下熠熠发光。

这时电话响了。

“梨子小姐，告诉您一个好消息，公司今天发布了一项新的薪资制度，会从 13 薪提升到 15 薪，相比在瑞兴多发三个月呢，一年到手接近翻倍。您一定要好好考虑。”

听到翻倍的时候我心里抽了一下，只觉得口干舌燥，看着天边只剩下最后一丝残阳，我深吸一口气：“下周一。”

“哦……您是说？”

“入职。”我都没想到自己会说出这两个字，说完这两个字我陷入了恍惚，对方回应了什么我完全听不到，只觉得那一瞬间时间停滞了，一种巨大的释放感从头顶落到脚底，终于不用再想了，尘埃落定是解脱焦虑的最好办法。

接完电话我掐灭烟头上了车，开向拉琪公司的方向。我心里很抱歉，可我害怕又度过一个纠结难寐的夜晚。

第四节

我到了拉琪的拳馆，装修已经做得有声有色，看起来开业在即。

“找我这么着急，迫不及待来上班啦？”拉琪笑着把我迎进了办公室。

“对不起，拉琪姐，可能我来不了了。”

“来不了了？”拉琪的嘴角微微抽动，“我还正准备找律师变更股权合同呢。”

“Blueart，就是那个毕业的时候我想去的公司，找我去做核心部门一个比较重要的岗位。”

“哦。”拉琪点点头。

“对不起，拉琪姐，辜负你的期望了，这个职位值得更优秀的人。”

“是吗，如果你真这么想，早就迫不及待加入了。”

“实在抱歉，其实我很想来，但是我母亲还是希望我有一个发月薪的工作，你知道的，虽然她没怎么养我，我还是放不开她。他们老了，经不住风险，为这个和我大吵了一架。”

“这么多年了，你还是在烂泥里游泳啊……月薪的诱惑力对你就这么大？”

月薪的诱惑？我突然被这个奇怪的问题问住了。

“梨子，我知道你的情况。我也支持你的任何决定，不过也打算跟你说点从不跟员工说的话。”

“什么话？”

“月薪，是一种奴役人的骗局。”

“骗局？”人给企业上班，企业给人发钱，这再正常不过了，怎么会是骗局呢？我对这无厘头的说法感到诧异。

“它会分解你对于长远期望的信心，也让你永远学不会——延迟满足。”看到我迷惑的表情，拉琪接着说，“月薪可以像毒品一样操控人，它是一种非常成熟的驯养制度。在虫岛呢，小孩要先进学校进行初步驯养，长大之后就是进入公司，以短暂的周期化奖励机制作为贯穿终身的驯养。”

“驯养”这个字眼听起来很刺耳，我有些不悦：“拉琪姐，我知道你事业很成功，但你不需要用你的成功来否定别人。至少在我看来，上学并不是驯养那么简单，我们可以学到很多东西。上班也并不是完全奴役你，你会感受到很多荣誉，看到很多优秀的人，这些绝不是‘驯养’二字就可以粗暴定义的。”

“哦，我不上学也能学到很多东西，并不比你少。在你上学的那些年，我在社会上晃膀子，每当看着你们急惶惶地冲向学校，我都会思考一个问题：人在最冲动无知、充满野性的年纪被学校集中管束，到底是为了保障社会秩序，还是教给他们人生的真谛？”看着我不屑的眼神，拉琪继续说，“至于你说的那些优秀的人，不可否认，他们干活的时候确实很有效率，但他们好像从来没有长大，和那些小时候热衷收集卡牌的孩子没两样，不断地考证，不断地完成KPI，不断地窥测别人的成就以安慰自己不算落后，社会认可什么他就冲去干什么，还美其名曰体面、成就感，每当别人夸他聪明能干，为不值钱的几个大字也会高兴得两眼放光，成就感是他们最喜欢的词了，你想想，对于老板而言，有成就感的员工更划算还是没有成就感的员工更划算？这到底是一种福利还是一种高水平的奴役？”

拉琪的每句话都刀刀见血，让我满脸通红：“拉琪姐，你是在点对点地侮辱我吗？不好意思，你说的人，恰好就是我。”

“我无意扫射。我这是爱你，提醒你世界不是你想的那么小。”

“可是我就算是加入了你，我也需要不断地完成KPI，不断地证明自己的工作能力，如果你夸我能干，我确实会高兴得两眼风光。这样又怎么了呢？这样很蠢吗？如果这样是蠢的话，那我加入你，不就坐实了我是个蠢人？”

“好啦，是我的错，说话难听了，你违约还不许我说你两句了。”拉琪拍了拍我的肩膀，突然善解人意地笑了，“你不是喜欢猫吗，我带你看一样猫最喜欢的东西。”拉琪搂着我的肩膀走向书架，书架竟然是一个隐形门，推开后里面是一个暗室，角落里竟然养着一只小白鼠。“我透过这个笼子观察人类。”拉琪朝我眨了眨眼睛，“它的名字叫秘密。”她往投食器里放了几勺饲料，小白鼠在下面的按键上疯狂跳动，饲料应声下落："我们人类，在远古时代是会捕猎的，现在的人早就不会了。他们只会等着工资到账。大多数人就像是投食器下面的小白鼠，在它的一生中，从来都不知道获得食物还有其他的方法，它只知道食物来自投食器，每按一下，就会得到一粒食物，不按就什么也没有。于是，在得到食物的时候，它贪婪；在两次按键之间，它焦虑。它的鼠生就是贪婪—焦虑—贪婪—焦虑……所以它不停地按呐按，可是如果投食器的主人不向里面放粮食了，它就再也按不出来了，你把它放出去，它也早已失去了野性，白白地等着饿死。它们看起来白白嫩嫩，被豢养得十分体面，可那些脏兮兮的野老鼠比它们更有资格代表生命，它们四处觅食，有时多有时少，有时会把多的藏起来，有时会吃不到饿肚子，但它们掌握生命的真谛。"

我讨厌老鼠，看到小白鼠在里面上上下下，我感到一阵恶心，伴随着拉琪的那些隐喻，我感到胸口发闷，眼前的这一切都让我眩晕。

"我养着它就是提醒自己，自由来之不易，不要因为眼前的一点点好处就轻易止步。自由从不像那些懒汉想的什么也不做，它需要你掷出巨大的筹码，忍耐诱惑的煎熬。"

拉琪像小时候那样刮了一下我的鼻子，拉着我从暗室出来，递给我一杯水。

“梨子，其实人生很简单。”拉琪点燃了一根烟，抱着胳膊看着窗外，“你要想两件事：我不想怎么活？我不想怎么死？就会大事变小事，小事变没事，剩下最重要的一两件事。”

我脑子很乱，不知道该说什么。此时此刻，我重新审视着拉琪，她远没有我想象中那么熟悉。有时，一个女人会羡慕另一个女人，但这种羡慕并不纯粹，夹杂着某种技不如人的屈辱感。

“好啦！”拉琪拍了拍我的肩膀，“胆小鬼，竟然能被小白鼠吓到！我晚上有饭局就先不陪你了，你说的话我懂，不过我等你，未来三个月，后悔了随时来找我，大门朝你敞开。”

拉琪换上了一件露背礼服，拎着包离开了。我一个人站在办公室里，看着她背上的棱角被光刻成刀锋。

第五节

周一，我踏入了 Blueart 的大门。一个月后，我终于摸清了自己所处的环境。

整个公司分为三大派系。

第一大派系是嫡系派，人数最多。这部分人大学毕业时经历了严格的筛选进入公司，是被公司认为最具有忠诚度和培养价值的那批人。他们在一开始就受到专项的指导，并且有管理层做导师，如果你很幸运一开始就跟上了一个大有前途的管理层，那么自己也会鸡犬升天。这部分人升上去之后，也更愿意提拔与自己背景类似的后辈，一届接一届，如同金字塔网络一般，这部分人的天花板主要集中在中层和高层的副职，再向上就很少了。

第二大派系是贵族派，人数最少。董事长为了保持垄断优势，引入了一位大人物的女儿做CEO。一方面，她是整个公司的雷达加资源管道；另一方面，她基于自己的背景可以引入更多有类似背景的人，这些人在特定的国家或者特定的企业都有可以掌控的资源，帮助Blueart赢得全球性的优势。一个不经意，你就能遇到一些身份低调的小国贵族，他们会从Blueart和自己国家的合作中赚取巨大的家族利益，甚至有些人的家族在当地执掌政府大权，其所控制的政府被Blueart大力扶持，成了既有行政权利又能发行股票的上市政府。

第三大派系是野战派，这部分人都是社会招募的，虽然学历背景有高低之分，但普遍都是因为在社会上做出了不错的成就才被招了进来。然而，这部分人之所以过往很突出，往往都是因为有着很强的竞争精神，不少人都是典型的马基雅维利主义者，因此彼此间的提防、表演与试探都是常态。不过，由于没有足够的背景加持，这部分人每向前一步都要付出更大的牺牲。虽然偶尔有人露头向上，但整体上很难形成自己的势力，在发展当中也是最不受宠的那一类。

很不幸，我只能被归为第三类。

虽然嫡系派的成员们都很想靠拢贵族派，但贵族派相对封闭，除了正常的协作，很少会把嫡系派当自己人，尤其是顶级的资源，嫡系派是不可望也不可即的。不过，嫡系派人数众多，是公司员工氛围的主要源头。而且他们一毕业就进入了 Blueart，从很年轻就过上了相对优渥的白领生活，步履不停地向上看，几乎个个都是非常典型的布尔乔亚做派。

在嫡系派的人眼里，公司既是战场也是秀场。优渥的薪资待遇和奢华的办公环境，在女士们身上充分地发挥了地毯效应。茶余饭后，大家更喜欢旁敲侧击地了解彼此先生的职业、住宅的位置、有几位住家阿姨，根据彼此透露出的状况分出派别，私下形成更对等的交流关系。而我，一个底层出身的野战派，只能在她们聊起家事时佯装去洗手间透口气。但人是无法免俗的，为了配得上这高大上的环境，我一个月买了三个手袋和两套珠宝用于日常的商务场合，还未到账的月薪早早成为工作成本。不过，这只是维持平淡的日常而已。在嫡系派的女士那里，紧致饱满的肌肤、无须为生活挣扎的松弛感、盈盈可握的小腿曲线，都是在告诉别人你在过好日子，你要彰显的是从没有吃过苦的肉体和小钱买不来的品位。如果你用力过猛、logo 包身，一定会贻笑大方，这意味着你尚未过顺好日子，还处于那种亟须证明自己的紧绷感中。某位新来的野战派女士就犯了这样的错误，长久的勤奋工作让她看起来颇为枯槁，本以为全副武装就能换来平等眼光，却没想到只换来茶水间的讪笑。自此之后，你发现她简直不知道该穿什么了，每天的上班成为自我表达的尴尬之旅。

如果只是这些无聊的琐碎那也算可以忍耐，后来发生的事才让我大跌眼镜。

我的顶头上司顾德曼是出了名的实力派，而且看起来非常绅士。他个头儿中等，但胜在身材清爽结实，平直的浓眉下一对星眼十分有神，面中是南洋华人常有的鼻梁，但并不显得粗笨，反而与他方下巴上的曲线分明的嘴唇形成了分量上的互补。这一切都让人相信他是一个周正的翩翩君子。可是突然有一天，他的太太冲进办公室，认定他与一个女下属有染，战斗的号角还没拉响，就已经有两个女同事站了出来把她拉进了会议室，对着她各种穷举证据以说明顾德曼并没有出轨，只是一场误会。没想到顾太太一听就信，闲聊一会儿后说要去楼下的商场买套珠宝舒缓一下情绪。如果只是这一幕，那它还不能被称作故事，后来我才知道，那两个女同事也与顾德曼有染，她们对这个太太并无同情，只是无条件维护顾德曼的娘子军。在顾德曼的团队里，有一种难得的重用女将的氛围，女将们皆为单身，对顾德曼安排的工作劳心劳力，彼此之间也相互较劲，形成了一种高度忠诚 + 高度竞争的强势团队。顾德曼为了巩固自己的权力，和下面的女性都有不清不楚的关系。她们如同后宫的妃嫔，与顾德曼保持着且敬且亲的微妙距离，据说曾有一个想对顾太太取而代之的，很快以渎职理由被清理，后来就再也没有人生出危险的奢望。据说顾德曼有一个爱好，就是去人肉自己部门的候选人，腿长、胸大是重要指标，所以我很怀疑他是出于什么原因招的我。听说顾德曼从来都不会强迫女生，他只是习惯于在出差的时候约女生进入套房正儿八经地聊工作，然后让你感到他十分信任你、欣赏你，创造出一种你在他心中独一无二的幻想，然后接着一步步地，你被自己的幻想带入他的后宫，进入一种微妙的控制关系，享用那些秘密的利益。

第六节

很快我就发现，一个更成熟的公司会有更成熟的等级制度和更繁复的流程，这一切都让人充满安全感，但也没有那么多新鲜感。更像是从一个熟悉的地方到了另一个熟悉的地方，而这种熟悉，就是忍耐了多年的厌倦。

不过我早有心理建设，反复告诉自己不要和钱过不去，而且不管在哪里，都应该珍视自己的职场声誉，还是应当兢兢业业地做出些成绩，所以每一天我都打起精神，尽可能把工作做到尽善尽美。刚来不久就给公司提出了一个创新提案，顾德曼认为虽然不算成熟但对他很有启发，在入职一个半月的时候，顾德曼要出差做一场很重要的谈判，示意我与他一起出行。

我们抵达当地已经是晚上，当我正准备睡觉时忽然收到顾德曼的短信："梨子，刚来 Blueart 不要束手束脚，放心大胆地干，有任何困扰随时可以找我。"

我回复："好的，顾总。"

过了五分钟又有短信进来："今天这个项目，我觉得你执行得不错，但是还有一些地方需要完善，晚上好好想想，明天会迎来艰难的谈判。"

“好的，我会加班攻克一下。”

“我这里有一些机密资料，你应该还没看过，我现在还没睡，你过来拿吧，等会儿我可要睡觉了，房号 1111。”

看到这条，我只好去找他。进入套房后，我发现确实有一大堆资料。“真的在工作。”我心里长吁一口气。

他拿出一沓拇指厚的资料递给我：“这些看过了吗？”

“还没有，我需要熟悉一下。”

“没关系，你先在我这里翻一翻，给你梳理明白了我再睡觉。”

我心里有些惴惴不安，他到底在想什么，要梳理多久？不过翻开资料之后我发现，内容确实晦涩难懂，有很多前瞻性的概念之前在公司内部并没有提过，而且很多核心数据和最新的研究成果对合作方很有说服力，我必须弄清楚其中的逻辑才能在谈判中发挥作用。我边看边问，顾德曼耐心解惑，甚至提出一些我没有看出的关键性问题。不得不承认，他确实是 Blueart 不可多得的人才，眼光很有前瞻性，对于大多数同行感到困惑的问题能够一针见血地说出本质，着实让人有恍然大悟的感觉。有那么一瞬间我觉得自己是不是太狭隘了，轻信了公司里的那些流言，毕竟他身居高位，觊觎的人很多，难免被谣言中伤，而且苍蝇不叮无缝的蛋，我不主动，他也不能拿我怎么样。但是毕竟很晚了，高强度的信息摄入让我疲惫不堪。

“是不是困了，喝点茶吧，再坚持一会就可以搞定了。”

我接过茶，心想这么勤勉的老板真是少见。一饮而尽之后我的精神似乎真的有所振奋，我决心集中精力把硬骨头啃下去。可是过了一会儿，我感觉空气好热，大腿内侧似乎有一股热流涌向头顶。我一抬头，看到顾德曼看着我，莫名地，我觉得他身上散发出一种迷人的光晕，时间和空间都变得模糊、黏稠，我似乎可以听到他的心跳，他的呼吸也开始变得柔软，我的大脑开始松动，各种难以描述的欲望在缝隙中来回游走。

“梨子，还是困吗？”

“没有，我只是……只是觉得你好像有点……”

“有点什么？”

“嗯……好像有点……有点迷人……”

他没有说话，似乎含情脉脉地看着我。

我突然很想笑：“你的眉毛很漂亮，特别像雨后的山，看起来好缥缈。”

“是吗，第一次听人这样说。”

我冲着他伸出了右手，他自然地探过头来。我用手滑动着他的眉弓，感受着光影在转折间的变化。

突然他把头靠近我的耳后，温热的喘息让我感到一阵眩晕。

“坚持不了那就休息。”

“嗯。”

顾德曼把我的头发轻拢在耳后：“你男朋友真幸福。”

“我是单身。”

“那你是自由的，对吗？”

不知为什么，我说出一句至今都觉得荒谬的话：“占星师跟我说，今年……我今年就会遇到真爱，他的背上有北斗七星。”

“哦。”顾德曼被这番话怔住了。

我把手放在他的肩膀上：“我猜你背上就有。我能看看吗？”

“有吗？没有怎么办？”

“我会让你有。”

顾德曼突然很高兴：“梨子，我没看错，你真是一个有魄力的女孩子。”他站起身来脱了上衣，点头示意我靠近，“过来吧！”

“转过身去。”我竟然是命令的口气。

“嗯？”他有些疑惑，但还是很听话地把背朝向我。

“哦，我看到了四颗，还有三颗呢，还有三颗在哪里？”

“还有三颗？”顾德曼似乎丧失了耐心，他瞬间脱光了下半身，像个小男孩一样满面通红，“小坏蛋！应该在下面！”

我被眼前的画面镇住了，前一秒备受尊重的上司摇身一变，一丝不挂地站在我面前。

“看到了吗？北斗七星？喔！还有大太阳……大太阳！我是不是你的真命天子？”他飞快地冲我走了过来，一种巨大的压迫感瞬间激醒了我，刚才还在工作怎么突然会这样？之前的流言蜚语激活了我的神经。我拿起手机躲开了他，瞬间连拍几张照片，顾德曼对我的反应一脸愕然：“你竟然喜欢……”

“我想起来了，那三颗在外面！”我拿起包包就冲出房间，打了最快的出租车，坐夜航飞机杀回虫岛。

夜航的飞机上，我记下了那天的感受。

日期：4月13日

从登机到现在，顾德曼的肉体像《维特鲁威人》的画面，一直在我脑中360度旋转。

以顾德曼的形象身份来说，身为女人实在难以拒绝，谁又会觉得睡了这样的男人吃亏呢？但是问题在于，如果我做了那样的事，无异于达成了某种肉体协议，成为他不正当关系中的一员，受他钳制，为他服务，在享用不合理利益的同时与其他女人争风吃醋。

可我真的要那样吗？为什么一定要用被压迫来交换利益，这与动物园里的动物又有什么不同？突然想起飞翔的毛毛虫说过：

没房子的人希望房价跌，而有房子的人希望房价涨，人的主观期待取决于屁股所在的位置。当一个女人食不到男权的利，那自然希望女权多些，但若是通过男权享受的好处更实惠，便觉得低三下四换些好处没什么，毕竟，比起那些真刀真枪的打拼，她需要做的只是低头而已。

可是低头真的没有成本吗？在职业生涯里，我永远都会有抹不去的污点，即便无人知晓，自我审判也足以让我成为一个罪人。如果女人都是这样堂而皇之地通过肉体为自己争取利益，那么下一代的女孩又有谁会因为自己是女人而自豪？想到这里，我不禁觉得讽刺，一个自顾不暇的人，居然开始担心下一代人的命运了。

真是悲哀，差点因为脑热就与他上了床，如果这件事情成了真，他自然洋洋得意又有了一个忠心耿耿的新奴隶，而我要陷入自我身份的矛盾中进入对自己永久的审判。

飞机很快落地虫岛，到家后发现门口是拉琪派送给我的拳馆开业礼盒。黛青色的盒子印有手写体的“盖亚拳馆”，打开是一盒巧克力，巧克力的形状十分生动，是一个挥着拳击手套的小女孩，圆滚滚的翘鼻头是倔强不服输的模样：“真可爱啊！”旁边还附有一张卡片：

甜蜜的勇气。

我叹了口气。勇气真的是甜蜜的吗？为什么我觉得如此苦涩。

明天还要上班，我看着满衣橱的新衣服，感觉到了前所未有的负担。此时此刻，让我疲惫的不再是穿什么了，而是该如何面对顾德曼，如何面对公司里的同事。我看着镜子里的自己，经过一个多月貌合神离的工作，脸蛋早已像陈年旧报纸。我继续的意义是什么呢？就像拉琪的小白鼠一样，等着每个月的发薪日？如果小白鼠只能过这样的日子，再美味的粮食又有什么意义？

巨大的压力袭来，我蜷缩在衣柜里，想要消化今晚的心有余悸。可是顾德曼反复出现，我第一次发现在这里都不能控制自己，实在是沮丧极了。我点燃了戴枷锁的维纳斯，柑橘气息让我镇定些许，再猛灌一大杯酒，终于昏昏睡去。梦里，我被圈在自己砸碎的那只鱼缸里，怎么撞也出不去。突然，我闻到身上一股腥臭气息，回头看竟然是摔死的那条鱼，它翻着白眼朝我吐着泡泡，恶心极了。我冲它尖叫：“我的错！求你别再吐了！”它竟然咯咯笑了起来：“你没错，我们相濡以沫。”

荒诞的对话刺醒了我，抬头看了一眼床头的闹钟，4 月 14 日凌晨 5 点。

“14！ 7 的倍数日，不行！我要去佛岛，我要去见雅图。”

第七节

大自然让人类处于痛苦和快乐这两者的主宰之下，它指明了我们应该做什么，并决定了我们应该怎样做。

——杰里米·边沁《道德和立法原则引论》

不到 7 点我就赶到了虫岛大厦，随着“叮”的一声脆响和一连串数字，我再一次抵达√7。

一看到马可和雅图，我就一股脑地倒出了过去一个月的遭遇。

“冒！”马可的白色胡须爹了起来，“还是走了回头路！”

“马可……我是一个成年人，要面对现实。”

“嗬，人所谓的面对现实，不过是下定决心让自己㞞下去。”马可用力甩着尾巴，打得桌面啪啪作响。

“喔……马可。”雅图示意它镇定下来，“你觉不觉得，这就是我们之前聊过的，自我对称的问题？”

“是的，自己骗自己的问题。”

“我没有，马可，我都很少对别人撒谎，又怎么会骗自己呢。”

“相比于骗别人，人类更喜欢骗自己。”

“我哪里骗自己了？”

“去 Blueart。你骗自己这是正确的决定，为了逃避无法面对的恐惧。”马可在桌子上来回踱步，尾巴有些奓毛。

“马可……”

马可没有理会我：“人就是这样，一旦前方不确定就会恐惧，随意抓住什么当作救命稻草，免得……”

“免得什么？”

“免得面对没有答案的困境。”

“马可……”我嗫嚅，“你觉得我是这样的人？”

“想必你比我清楚得多。”

“马可，上次的话题还没有聊完，你不能这样苛求梨子小姐。”雅图看着我，“你只是做不到自我对称，如果你懂了这个概念并且经常试着体会，就不会有那么多的‘身不由己’了。”

“自我对称？”

雅图拿起一张纸，画出一条横坐标，在两端分别写下“协调”与“失调”，说道：“每个人的自我概念都有两极，向左是‘自我失调’，向右是‘自我协调’，每个人都会试图在两者之间找到一个平衡点。在自我协调的状态中，你的想法代表着你是谁。但是，当你在自我失调的状态中时，你的想法不能代表你是谁。”

“我听得云里雾里，您说得太抽象了。”

“就好比你没有演讲经验，但是突然要在一场大会中演讲，你可能会想：‘太难了，我怎么会讲得下来！’脑子里甚至会出现出洋相的样子、别人嘲笑的样子。这是一种很正常的反应，因为你确实没有演讲经验，所以大脑会产生一种自我协调的反应。你会质疑自己，脑子里冒出很多负面的幻想，你会误认为这些想法代表了真实的你自己。”

“是的，面对拉琪那边的工作我就是这样的心态，我没有做过，所以我很怕失败，很怕赚不到钱，更怕母亲说的那些事情会成真……可是，这些想法是我自己发出的，它们不能代表我自己吗？”

“你的想法只是你的幻觉，它并不是真实的你。”

“我的想法只是我的幻觉？”

“就像一个人想吃甜食但最终克制了，那么真实的他并不放纵，而是一个自律的人；有人都冒出过杀人的想法，但绝大多数人并不会付诸实施，所以大多数人并不暴戾，而是遵纪守法的普通人。所以，你要做的是把自己和自己的想法分离开来，去辨别想法，而不是把那些负面的想象当作事实，被恐惧支配。”

“我明白您说的意思，以前发生过不少事，我都是事前内心戏很多，事后又觉得完全是自己吓唬自己。但人好像管不了自己的脑袋，里面总会有一个很强势的声音不断告诉我，‘我不够好’‘我没有准备’‘我做不到’，像是一种咒语，不停地支配着我。”

“这是你的心声，人的大脑里都会发出的声音。但是，每当被心声支配的时候，你都需要提醒自己：我不是我的想法，我的心声也不是我的主人。学会与它们保持距离，逐渐去驾驭它们。”

“这太难了，以我现在的状态来看，我需要很久才能做到这一点。”

“是的，尤其对虫岛人来说，更不容易。”

“为什么虫岛人会更难？”

“你们会为了自己感觉好而倾向某种想法，但只有摆脱了‘感觉好’的束缚，才是成为自己主人的开始。”

“为什么要摆脱感觉好？人活着难道不是为了让自己感觉好吗？”

“有些感觉好只是一种表象，会引诱人坠入深渊。在虫岛上，‘感觉好’就是一切，人们追求各种形式的‘感觉好’，名牌的物品让我感觉好，甜腻的电影让我感觉好，别人的评价让我感觉好，追求感觉好成为人生最大的意义，但是，感觉好也是本能的同义词，是一种软弱的幼态，很容易让人做出短视的决定。”

突然间，我脑中浮现出选择 Blueart 的那个下午，我看着太阳即将消失在地平线，一种解脱痛苦的渴望侵蚀了我：“所以，我选择 Blueart，也是在追求一种感觉好？”

雅图不置可否。

“我不知道是一种懦弱还是一种完美主义，面对人生的重要选择，我总是怕出错，总是想面面俱到。如果一个选项让我感到有失败的可能，我就会本能地排斥它，我宁可选择那个没那么喜欢但也没那么危险的选项。”

“那既然选了，为什么又来找我们？”

“我觉得那不是我想要的，可拉琪那边也有风险，所以我觉得自己没有选择，真的很苦恼……”

“你还没有学会把‘不能面面俱到’作为一个选项。”

“‘不能面面俱到’也是一个选项？”

“让大多人饱受折磨的，是‘既要……又要……’。”

“对，我既想做自己热爱的事，又希望它没有风险，还能给我带来保障。”

“可月亮很少是圆的，大多数时候，我们要欣赏一个不圆的月亮。”

“所以，我既然喜欢拉琪的项目，就应该接受它存在的风险？”

“这是你的选择。”雅图并不给出建议。

“我会好好想想的……保障还是热爱，我到底想要什么。可是有时候，我也会很困惑：人生那么长，诱惑那么多，我以为我想要的到底是不是我真的想要的。”

“这依然是了解自己的问题，你需要知道自己的精神世界是如何叙述你自己的。”

“叙述我自己？”

“每个人的一生都好像一个多时空戏剧，我们的戏里不仅有别人，还有很多个自己。过去的我、现在的我、面对上司的我、面对家人的我、虫岛的我、佛岛的我，每一个不同的自我错落在不同的时间空间里，按照不同的剧本在发展。”

“您这么说还真是，而且自然而然地，人在每个角色里都不一样。”

“对，人会同时沉浸于很多个剧本，把每一套剧本内化为人生的一部分。比如为了在公司顺利发展，你会内化老板设计的剧情；为了得到老师认可，你会内化学校设定的剧情；为了和某个人交朋友，你会内化他设定的剧情。我们会在每一部戏中全情表演，为的是满足我们对人生剧本的期望。”

“真是神奇，一个人扮演这么多角色竟然没有精神分裂……”

“这就是人的神奇之处，集多个角色于一身却并不分裂，始终维持着‘我’的统一性。”

“可是，就拿 Blueart 的工作来说，我实在是难以内化老板的剧情，根本无法忍受。所以，还是会有人在某些角色里演不下去吧？”

“每个人都有自己天然的风格，但是我们为了适应社会，多多少少会演一些不适合自己的角色。面对这种情况，人大致会分为两派，一派是实用主义，他们会把自己转变为社会需要的风格；还有一派是自然主义，他们会放弃这部戏，转而投向其他。”

“但是，没有人一开始就能选择自己的角色吧？”

“对，就好像人没法选择自己的父母。但是有些人会逐渐更了解自己，他们会选择适合自己的角色，让自己更容易大放异彩。当人格更加成熟的时候，他们甚至会为自己创造角色，让自己融入其中，引领叙述的发展。”

“创造角色？”

“对，比如创立一家公司、成为爸爸或妈妈、投入一个全新的职业，都是在为自己增添一个全新的角色，让自己的人生因此而改变。”

“对于那些不那么幸运的人呢？如果他们坚持演不适合自己的戏，会发生什么？”

“也有可能会有一份所谓体面的生活，但毕生都很难接近幸福的真相，因为他们扮演的角色与真实的自己有很大的距离。为了演好这个角色，他们就要不断地脱离真实的自己，但为了保证自我的统一，又需要不断地刻意整合自己，就像是每天把同一块积木拆了拼，拼了又拆，所以他总会觉得厌倦又疲惫。”

“这些年我就是这样的感觉，每天早上都要主动给自己打气，但是每到晚上又会精疲力竭；总是不自觉地熬夜，不想放过一丁点儿自由的空间……可能这就是您说的自我整合吧。可是长期这样真的很累，人会精神分裂吗？”

“如果不同角色的‘我’无法整合在一起了，那就是精神分裂症。不过，在出现精神分裂之前，大多数人都会选择麻木。”

“选择麻木？”

“只要不敏感，就可以不痛苦。”马可不知从哪里突然蹿了出来，嘴里叼的蜘蛛落在了地上，痛苦地挣扎着。

“所以选择让自己麻木，就可以更好地生存？”

“更好地生存？”马可匪夷所思地看着我，“看看这蜘蛛吧，痛才代表活着！”

雅图点了点头：“麻木是一种自我保护，会让人免受痛苦，可代价是丧失作为人的灵性。那些眼神黯淡的中年人自认为无所不知，但小孩能看到的东西他们早就视而不见了。”

“我发现你们人类是唯一不像动物的动物，人类更像工具，像没有感情的生产机器。”马可用奇怪的眼神看着我。

“是啊，我已经做机器很多年了……”我冲着马可苦笑。

“喔……是吗？那这台机器看起来不算先进。”

“马可陛下，人类的世界里可是要对女士多加尊重的！节制你的刻薄。”雅图笑着拍了拍马可的脑袋，“今天咱们就先聊到这里，明天欢迎梨子小姐来我的图书馆，我们继续聊！”

第八节

我跟着马可回到了猫窝，傍晚，马可邀请了一只曼基康、一只德文、一只缅因来猫窝打猫牌，我负责发牌，一晚上的时间，马可几乎赢走了所有猫的小鱼干，为了让朋友们离开时不要太失望，它送了曼基康两双高跟弹簧靴，送德文一套直发夹板，送缅因一把毛毛虫剃须刀。

“你真是一个贴心的朋友！”

“那是自然，我知道它们想要什么。”

“你知道自己想要什么吗？”

“当然，我想要的就是快乐的当下。”

“对，当下。我记得你说过，猫的世界里没有未来。”我心想，如果一个人对别人说自己的世界里没有未来，是多么伤感的一件事，可是在猫咪这里，竟然是一种解脱和快乐。

“正是因为发明了未来，人类才成为地球的流氓霸主。可是我想，大多数人并不会因为未来而快乐。”

“可是有些时候，人有了对未来的幻想，才会觉得当下比较好过。过去很多年我都没有当下，我的当下总是未来的一部分，我永远在为未来做准备。”

“未来来了吗？”

“没有。”

“那人会怎么办？”

“期待下一个未来。”

“未来伤害了你，你却依然期待未来，当下可以善待你，你却从不善待当下。这真是人类特有的困扰。”

我竟不知该如何回应。

“人类就像贪吃蛇，总想吃到未来，最后吞噬了自己。做人是最没意思的，还不如做个植物高级！”

“人类不如植物高级？”

“难道不是吗？人类每天忙忙碌碌、慌慌张张，吃的东西乱七八糟，拉的屎也超级臭！所谓的文明不过是破坏大自然！而植物呢，吃阳光就能长个子，年年开花结果，从来不说废话，动辄能活上百年，你说，大自然的至爱难道不是植物吗？”

“你这么说倒是有点道理，怪不得总有诗人想当植物，看来他们是看清了其中的好处。”

“他们只是说说而已，矫情罢了。人类动辄自由啦、意义啦、真爱啦、尊严啦、成功啦……在我们猫咪看来都是闲得没事哇哇叫，跟发情差不多。”马可跳到了垫子上，“好了，对你的点拨到此为止！我要睡了。我敢打赌，梦里曼基康会对我的礼物感激涕零，DuangDuang 大跳！猫生第一次摸得着缅因的后脑勺！”

“哈哈哈哈，DuangDuang 大跳！你快睡吧……我要写今天的日记。”

我趴在垫子上，开始写下今天的想法。

日期：4 月 14 日

关于自信：

以前觉得耐心是一种特质，现在觉得耐心是一种自信。因为不相信自己，所以焦躁不安；因为不相信自己，所以充满恐惧。从小到大，我学习不错，老师认可，同学羡慕，工作之后虽然总觉得没有实现自己的期望，但是依然是不少人羡慕的对象，可我为什么还是那么不自信呢？

自我叙述：

听到自我叙述的部分，我突然觉得自己活得像一个群众演员，应该支持什么，应该反对什么，应该争取什么，应该放弃什么，一切都是被别人塑造的，我像是一个没有自我意志的孩子被扔进了巨大的戏团里，懵懵懂懂地扮演自己的角色，直到有一天突然发现这个角色并不是我。而拉琪不同，她很小的时候就知道自己想要什么并且做出了选择，等她迈入新的阶层又做出新的自我叙述，引领自己再一次向前，虽然她有自己的深渊，但她比任何人都靠近自己的太阳。而我呢？我的自我叙述是什么呢？我到底是什么风格，我要演什么角色，什么样的桥段才能恰如其分地描写我这短短几十年的人生？我活了快30年，竟然一无所知！

第九节

早餐过后，我迫不及待地催马可带我去图书馆。推门而入的瞬间，我仿佛看到一个光之隧道从天而降，眼前出现的是一个巨大的、仿佛包裹在肥皂泡泡当中的藏书室，阳光的色彩在这里被分解，让你仿佛进入了一种七彩的幻觉中。屋顶广阔而透明，仿若可以伸手摘星，水波纹状的书架和台阶高低错落，马可爬上爬下好不快活。我看时间尚早，雅图还没有过来，于是开始四处翻看，打开一本书，赫然看到下面这段话：

你不接过人们的自由，却反而给他们增加些自由，使人们的精神世界永远承受着自由的折磨。你希望人们能自由地爱，使他们受你的诱惑和俘虏而自由地追随着你。取代严峻的古代法律，改为从此由人根据自由的意志来自行决定什么是善，什么是恶，只能用你的形象作为自己的指导——但是难道你没有想到，一旦对于像自由选择那样可怕的负担感到苦恼时，他最终也会抛弃你的形象和你的真理，甚至会提出反驳吗？

虽然不知道这话到底在说什么，但是看得我很难受。

“咔嗒！”图书馆的门开了，雅图走了进来。

“不好意思，我太好奇了，所以早早就到了这里。”

“啊，没关系，乞室的荣幸。”

“乞室？”

“藏书室的名字，在掌握真理的人面前，我只是个讨饭的。”

这番谦虚让我不知如何应答："这里真的很美、很安静。"

"安静？我觉得很热闹呢！"

"没有声音也会热闹吗？"

"无数的思想在这里争论不休……"雅图抬头打量着层层叠叠的书架，"图书馆是世界上最热闹的地方。"

"原来是这样。"这个解释颇为有趣。

"梨子小姐，我们继续聊昨天的话题吧。"

"昨天聊的话题让我重新思考了很多，我想这两天我会给自己一个答案。"

"啊哈，其实不用着急给自己答案。我们佛岛有句话：要习惯在没有答案的生活中自在生活。"

"在没有答案的生活中自在生活？"

"对。"雅图靠在铺满阳光的沙发上微微闭眼，"有答案固然好，但是没有答案才是生活的常态。人们总是执迷于答案带来的安全感，可是人生漫长又复杂，它不是用几个答案就能解释的，做一个耐心的观察者，答案自然会找到你。"

"我昨天想，选择方向这件事，我之所以没有耐心是因为没有信心，所以我无论做哪个决定都会惴惴不安。"

"做选择之前，你有审查过自己的信念吗？"

"审查自己的信念？"我还是第一次听到这样的

说法。

“人的行动是信念的产物。大脑只占人体重的6%，却消耗了我们20%的能量，在它分配自己的能量之前，会严格审查你的信念。”

“大脑会如何审查呢，审查之后会怎么样？”

“类似于在公司申请预算，只有认为你申请的事情对公司有价值，才会批准你的预算。大脑也是一样，它拥有的能量是有限的，只有给出充分的理由，它才会给你这个想法分配资源。”

“什么叫作充分的理由？”

“就是你真的相信自己能做成这件事。我们经常会看到一个人因为坚定的信念做成了他本来很难做到的事，这是因为他让自己的大脑相信他能做到，所以他得到了最充沛的支持。当大脑开始支持他，他的大部分精神能量会被投放在他想做的事情上，他的人格甚至会为此发生改变，会变得更深思、更机智、更勇敢，甚至更忍辱负重，这就是信念的作用。”

“那按照这个说法，如果我们只是表面下决心，但潜意识里觉得自己做不到，那么大脑就不会给它分配资源？”

“当然，大脑很容易骗你，但你很难骗得了大脑，大脑只会支持你最真实的想法。”

“也就是说，我以为我想去的是拉琪那里，但实际上我潜意识里并没有做好准备，所以大脑让我选择了 Blueart？”

“对，你对这件事情没有投入足够的信念。大脑不仅会支持希望，也会支持绝望。当我们产生绝望，大脑就会把能量从改善目前状况的行动上移走，你会因此做得更差，然后变得更绝望。信念和事实就像是相邻的多米诺骨牌，循环倒下去，直到把你推向最终的绝望。”

“所以……希望和绝望都是自我实现的预言。”

“也可以这么说，所以我并不会劝你做什么，你能做成什么取决于你自己的信念。”

“有时候，我能感受到我熊熊的信念，但是很快就会有另一种力量浇灭它，因为我很怕失败，因为我从小就觉得，只有优秀成功才会有人爱、有人支持，如果我失败了，这一切就都没有了。”

“梨子，你还没有学会自己支持自己。”

“自己支持自己？自己怎么支持自己？”我对这个说法非常疑惑。

“你支持过别人吗？”

“当然。”

“你为什么会支持别人？”

“因为我信任他，觉得他做的事情很棒，希望让他成功，或者说我爱他，他成功了我是一样地高兴。”

“那你为什么不能用一样的心态支持自己呢？”

“这……”我好像从来没有意识到这个问题，我为什么不支持我自己？

“有谁对你的爱和支持比得了你对自己的爱和支持呢？”

“我对自己的爱和支持？”自己爱自己？自己支持自己？还可以这样……我反复咀嚼着这句话，一股酸楚的暖流充满了我的心。

“阿尔贝·加缪说过一句话：‘想要了解你自己，首先得支持你自己。’自信不是静态的，而是流动的，始终体现在过程当中。你甚至可以把它当作一种技能，做任何事的时候使用它，就像学画画、学冲浪一样。”

“在画画中学会画画，在冲浪中学会冲浪，在自信中学会自信？”

“没错。”雅图笑着点了点头，“你甚至可以把它当作一种无法被别人剥夺的权利。”

“自信也可以是一种权利？”

雅图低下头，开始在纸上写字，很快，他撕下来递给我。

我拿着这张纸，上面写着：

自信的权利

我有这个权利；

说“我不知道”的权利；

说“不”的权利；

有选择的权利并且可以表达出来；

有表达感受的权利；

有权做决定并对结果负责；

改变心智；

有权安排我的时间；

犯错的权利。

雅图把“犯错的权利”单独圈了出来：“这些权利表明了你的自由，同时也提醒你，其他人拥有同样的权利。”

“谢谢佛先生。”我看着上面如此之多的“权利”，双手竟然有些颤抖。

“好了，我要去工作了，梨子小姐如果喜欢这里，可以随意徜徉，这是热闹的好地方。”

第十节

雅图离开，马可也不见踪影，我一人留下独自热闹。靠在柔软巨大的沙发上舒服极了，我吁出一口久违的长气。我举起这张纸看了又看，背面的太阳解开云朵，每一个字都被照得闪闪发光。

突然一股困倦之气袭来，我感到全身下坠，像是坠入了一种黏腻的液体当中。我感到窒息，用力睁开眼，发现周围全都是黏稠的奶油和水果。我开始一脚草莓、一脚芒果地向上爬，再用力抓一把薄荷叶子。突然，我看到两张巨大的脸，父亲和母亲！他们的脑袋像山一样杵在我的面前，我低头一看，啊！我在蛋糕里！一个巨大的奶油蛋糕。母亲很快发现了我："你怎么在这里？"她把我从蛋糕里揪了出来放在一边。

"我想吃蛋糕！"

"男孩子吃蛋糕长身体，女孩子吃罐头变漂亮。"母亲边说边把弟弟拉了过来，慈爱地搂着他，问他几岁了，今年要插几根蜡烛。点燃蜡烛之后，他们彼此拥抱着开始唱生日歌，烛光中，每个人都有充满爱的眼神，像是地球上最幸福的一家人。而我，坐在巨大的蛋糕旁边，像是最孤独的局外人。

他们越唱越热闹，蜡烛越烧越短，而我越听越生气，跳起来爬上蛋糕，冲上去拔掉一根蜡烛，我像是举着一把火炬，冲向母亲的脑袋。瞬间，我点燃了她的头发，她像是一只呼啸的火球，不停地尖叫着，火焰当中，我开始大哭："妈妈你知道吗？罐头不好吃，蛋糕才好吃！"不知为什么，我的泪水奇多，居然像一股又一股的喷泉，浇灭了她头上的火焰，可在这水与火之中，我难受得上气不接下气，全身不停地战栗。突然间，强烈的光罩着我，我用力睁开眼，发现竟然是雅图的藏书室，刚才是一场梦，刚才只是一场梦。

我鼻子一阵酸楚，开始像梦里那样落泪，泪水一波接着一波:“我知道了……我知道了……是因为我觉得我不配……”那一瞬间，我突然觉得身体里的一万根钢筋断裂了，一种前所未有的放松自内而外地奔涌而出。

“又哭了? ”

我抬头，马可回来了，它跳到我的身上，用脑袋蹭了蹭我的下巴，我抱住马可躺在沙发上，熟悉的柑橘焦糖味让我渐渐地恢复了平静。

“马可，我要回虫岛了。我要行使我自信的权利。”

“唔……听起来像是要收复失地的女王。”

“是的！这次再当㞞蛋，你和雅图把我扔海里喂鱼！”

“拜托！它们很挑食的，第二天我们还要捂着眼睛认领无名裸体女尸……”

“哈哈，那正好让佛岛上的男人见识见识！”我用大胸挤了挤马可的脑袋。

“嗷呜！人奶是剧毒！”马可跳了起来，用后脚挠了挠大耳朵，“你还是多给我带点小鱼干吧！”

我笑着拎起背包，独自奔向回虫岛的电梯，像是乘着风，心情与来时迥然不同。

第四章
剑影之下

第一节

回到虫岛之后，我向 Blueart 提交了辞呈。在我离开办公区的时候，同事们对我投来了意味深长的目光。有那么一刻，我感到如芒在背，不敢回头，不过，如今想来也不必回头。当我从 Blueart 那奢华的电梯间走出来的时候，突然觉得天都亮了。看着穹顶上的《天使报喜》，我突然想：人为什么会给人形的天使安上翅膀，想必每个人都有一些时刻感到自己在飞翔。

我下了决心，还是要去拉琪那里。回家之后，我开始整理自己这些年仅有的资产。多年攒下的首饰和包包都被我挂上了二手网站，它们是我这些年省吃俭用才有的战利品，一度给了我在人前自若的底气。目前的代步车虽然不算值钱，但是我还是把它送进了二手市场，卖掉之后换了一辆更便宜的二手车。一番操作下来，我发现自己变得更像穷人了，从没想到有一天自己会这么做。看着空荡荡的柜子和破旧的“新车”，突然觉得开启了一种新生活，不知道抛弃了这些身份的装点会不会见人露怯，但我想，既然我有自信的权利，那不管我是衣衫褴褛还是缺手断脚，只要我不把这权利交付于人，那么它就还是我的。

几天后，所有的钱凑下来只有 95 万岛币，还差 5 万块，这一次我决定直接去母亲家登门造访。

来到母亲家里，我发现她闷闷不乐，但并不打算让她察觉到我发现了这一点。

我开门见山:“我辞了 Blueart，我要去拉琪那里，我还差 5 万块。”

母亲从沙发上跳了起来:“不可能，我不允许你做这件事。”

“这是我的事，那是我的钱。”

“回 Blueart，或者其他哪个公司也行，好好赚一份安稳钱。”

“然后呢？”

“过你想要的生活。”

“可是如果我想要的生活不需要那么多钱呢？”

“幼稚！生活不需要钱还需要什么？到了我这个年龄你没有钱死在家里都不要指望有谁来给你收尸。”

“死都死了管那么多干吗？”我对母亲的态度早有预料，“烂了给蛆吃也好过活得像条蛆。”

“真会说啊！”母亲强压着愤怒，“没错，所以你应该去上班，至少能让你好好活。”

“可是如果我都没有过自己想要的生活，那怎么证明我在活？”

“别想太多，像别人一样活，他们会告诉你你没错。”

“可我会告诉我自己，我有错。”

“是，你这样想是你错了。”

“我的人生都过了二分之一了。别人认为正确的我都一一照做了，可是如今我并没有发现所谓正确的给我带来了什么。就这么走过一辈子，那才是真的不正确！”

“女人不能太自私，你要养活自己，你要结婚生子，你要考虑你周围的人怎么看，这一切的一切都需要一份体面工作，都需要足够的钱。”

“你怎么就断定我没法有钱呢？是，也许我会有自己的孩子，可是我可能有孩子不能成为我敷衍自己的理由。你看不到吗？那些活不明白的人都是因为有了孩子才敷衍自己敷衍得理所应当，也许我是自私的，可是妈妈啊，因为女人的身份就强行要求自己无私也是没道理的啊！”

母亲像是突然间想起了什么，瞪着我无言以对。我突然看到她的手腕有一块瘀青，心中燃起一阵怒火：“妈妈！那些自私自利的荡妇和三纲五常的圣女，谁在自己的世界里更幸福还真是说不定呢！”

“老天啊……你怎么能说出这样的话……”母亲双手抱着脑袋，胳膊上的瘀青全部冒了出来。

“你手腕怎么了？”

“不小心拧的。”她突然开始抽噎。

我没有说话，在我们这个家，彼此安慰没有被写进最原始的代码。

“梨子，选一份正经工作，人生来就应该造福社会。”

“是，我是可以燃烧自己造福社会，可社会造福我了吗？你知道最初被教导‘劳动使人自由’的那些人是怎么死的吗？也许做一个工蜂兢兢业业一辈子也有意义，可是它知道它活得有意义吗？还是别人告诉它它活得有意义？我不想做工蜂，我只想做蝴蝶，我只想全身沾着毒粉四处飞！前半辈子我在茧里活累了，我想过一点不一样的日子。”

“梨子，不要活在你外婆的书堆里，不要幻想什么月亮与六便士，对于大多数人来说，有六便士已经够好，高更选择了月亮，他活成了什么样？”

“在高更的世界里，月亮与六便士从不是选择，他只选择做他自己。选月亮还是六便士是贪婪的庸人才会有的想法，真正知道自己在活着的人，只会选择以自己的方式过一生。”这是我从飞翔的毛毛虫的文章中读到的一句话，此时此刻，居然一字不差地背了出来。

“你会后悔的。”母亲抽噎着。

“是，我会后悔的，那我只能跟未来的自己说声对不起了。”我从药箱里拿出药水，坐她身旁涂抹那些淤青的地方。

母亲不再说话，只是把头埋进抱枕里不停地哭，而我杵在旁边有些无措，我有点恍然她到底为什么哭。哭了很久之后，她把钱给了我。我终于凑足了100 万。

第二节

离开母亲家，我再一次来到盖亚拳馆，再一次见到拉琪。

“拉琪姐，钱凑够了，我决定加入！”

“这么快！”拉琪似乎有些意外。

“对，我这个人纠结，你知道的。这次我过来没再和我母亲商量，我已经想好了，还是希望你能信任我。”

拉琪点了点头：“看到外面的人流了吗？”

“人流很大，太热闹了，都是你的粉丝？”

“有一些是，有一些不是，不过人流量已经起来了，每天的会员都在增长。楼上呢，我想全方位地整合整个虫岛的高净值女性，准备做一个女性文化空间，所以下面的环境对上面其实有一些引流作用。盖亚拳馆一定能做大，我已经在构想什么时候启动第二家了。”

“真厉害，才两个多月而已。”看着拳馆人头攒动，我心中啧啧称奇，拉琪总是让我体会到人与人之间的差距。

“人啊，只要在对的角色上都会发光发热。”拉琪递给我一根烟，转身看着窗外若有所思，“下一步，我对运营会有更高的要求。”

我觉得她似乎话中有话：“所以……我还够格吗？”

“当然了，你当然够格。我的意思是说，以后会招募更多高水准的人才。”

“那太好了，我也很希望和这样的人一起合作。”

“对，所以这样的话，股权的分配方式也好，价格也好，都会有变动，梨子，这个你理解吗？”

我顿时吸了一口冷气。但转念一想，毕竟要用筹码吸引人才，说的也不无道理。

“梨子，咱们开门见山，以目前的状况来说，你不能算创始合伙人，而且拳馆自开业以来生意很好，估值早就不一样了。但是我很欣赏你的能力，也非常想让你做经营合伙人，所以按照以前说的 100 万岛币，我只能给你 3% 的股份，先给你 1%，未来每完成一年的 KPI，都会给你 1%，分两年兑现。”

突然附加了如此强硬的条件，我有些失望，不过既然已经下定决心那就愿赌服输。谁让我最早不加入呢，我有些担忧的是如果没有达成 KPI，岂不是竹篮打水一场空。

拉琪走到对面，双手扶在我的肩膀上：“梨子你放心，KPI 一定是为了达成而设定的，依你的能力绰绰有余。而且除了这个，我们还会有分红。你作为统管这套业务的人，我会给你一个非常可观的利润激励比例，你每个月都能拿到。至于整个公司，如果经营状况好，我也会提前分红。”

看着拉琪确定的眼神，我没有说话，相当于默许了这套规则。

“什么时候可以过来熟悉业务？”

“明天。”

“这么快？看来真的是想好了！”

我笑了笑。

“哦，对了，我喜欢你做的蜡烛，太美了，我能定制一个做收藏吗？”

“你想要什么样的？”

“哈哈，开拳馆嘛，我希望维纳斯可以戴着拳击手套。”

“不错，这个创意很好！”

“喔，不过，我感觉这样像是少了点什么，俗气了。”

“你想要什么效果？”

“嗯……她头上可以有东西吗？”拉琪手托下巴，若有所思。

“王冠？花环？光圈？哈哈，都可以，只要我能做到。”

“我想要一把剑。”

“哦，很酷。”我对她这个想法很意外，“要劈开脑袋吗？”

“不要。”拉琪狡黠地看着我，“我希望她知道，自己随时可以被劈开脑袋。”

“这个……”我对她这个想法很困惑。

拉琪沉默半晌：“没什么奇怪的，这是在提醒我，宁可一思进，莫在一思停，你觉得怎么样？”

“寓意真不错！”我对她这个理由很信服，“想要什么气味？”

“有力量的，有主宰感的。”

“好，我尽量看看怎么实现它。”

“哈哈，我已经开始期待了！你办公室也有一个隔间，很安静，你可以把那里当作你的手工工作室。”

离开拳馆之后，我一个人开车回家。傍晚华灯初上，电台里，路易斯·阿姆斯特朗唱着 *Kiss of Fire*（《火之吻》）。我随着歌声摇曳，脑中纵横交杂，再熟悉不过的路线竟然走错两次。开到公寓楼下，我打开车门：“终于回来了！”

第三节

加入拳馆之后，双脚像是踏上了一条飞速的履带，风景变得飞快，很快就过了半年。

10 月 20 日上午，我匆匆驶向盖亚拳馆。今天我们将举办虫岛有史以来最高规格的女拳比赛的决赛，观摩这场赛事的不仅有女性，男性观众更多，这是一场绝好的宣传盖亚拳馆的机会。

历经半年的竭力经营，盖亚拳馆不仅成为集女性主义与拳击运动于一身的文化空间，而且成为虫岛顶级拳击比赛的合作机构。我善于市场营销，长于文字与设计，经由我手，整个盖亚拳馆在半年的时间里获得了前所未有的推广，先锋的女性艺术家、作家甚至科学家都会在盖亚空间出没。在这期间，拉琪想要的蜡烛日益成型。我根据她的需求调制了一种特别的香味，前调是清新的、断裂的树枝气息，中调掺杂着淡淡的、冷锐的金属味，而后调则包裹着干燥的泥土气息。置身其中，如同落入一片肃杀的深秋，我管这个气味叫庚。新作拉琪极为喜欢，刚落入手中就捧着它轻嗅很久，后来更是差人把它做成了等身的雕塑，成为盖亚拳馆的某种文化象征，并且，我们依据这个形象推出各种妙趣横生的衍生品，媒体将盖亚拳馆称为女性主义新地标。

这半年里，我的睡眠少得可怜。一方面因为我没有创业经验，所以每一件事都兢兢业业、亲力亲为；另一方面身边尽是拉琪的老人，所有眼睛都盯着我，我必须在他们面前证明自己。好在拳馆发展迅速，与其说是员工带着业务前进，不如说是业务带着员工前进，很多既定的经验和预设的计划在快速发展面前显得落后无力，更多的时候都是现地现物、因地制宜地解决问题。拳馆的发展需要的是开疆拓土的能力，而不是因循守旧的经验，所以我的很多经验并没有用武之地，更多的时候面临的都是我从未遇到过的问题：战略不清、员工短缺、制度缺陷、服务供不应求以及如何让想法落地为可盈利的事实，几乎每一天的工作都充满了不确定性。每当压力巨大、胡思乱想的时候，我都会告诉自己：我不是我的想法，我的心声不是我的主人，自信是我的权利，我要无条件地支持自己。刚开始像是一种机械的口号，但是随着我对工作的改进一步步地落地生根、产生实效，我像是触摸到了一种不断生长的、真实的自信。我甚至开始有点喜欢这种不确定性带给我的撕扯般的成长，像是一种特别的冒险之旅，而且这份工作带给了我全新的教育，那就是：发展中出现的问题唯有用发展才能解决。这个哲理的价值不仅体现在工作中，也体现在一个人的人格发展中，很多我们自身的缺陷通过硬改是改不了的，但是当我们发展到新的层面上，缺陷反而迎刃而解。很多曾经难以自控的忧虑、偏见、恐惧，反而在不断的发展中自然消弭了。

准备赛事的前一个月，拉琪在合作方之间东奔西走，而我则忙于现场的具体筹备。我认为这场比赛的大赢家非萨曼塔莫属，她已经连续赢了两年了，以拳法凶狠和耐力惊人著称，不少对手几乎在与她眼神对撞的那一瞬间就已经失去了自信，所以我相信，面对三连冠这样的荣誉诱惑，强悍的萨曼塔不可能输。作为对手的汉娜以新星的身份晋级，从她过往的履历来看，成绩并不稳定，这次能与萨曼塔同台不知道是撞上了什么大运。萨曼塔的粉丝也认为这次萨曼塔志在必得，嘲讽汉娜这次的比赛是一场“送死之旅”。但是拉琪的观点却完全相反，她几乎很早就告诉我，汉娜大概率会赢，她让我四处收集汉娜的个人资料。就在其他媒体都以为萨曼塔会赢而做好了一切准备的时候，我们反其道而行之，绑定汉娜推出各种形式的稀有大料，一举占领流量高地。

晚上的比赛开始之后，萨曼塔连赢两场，这个成绩让我懊恼不已，后悔没有早点筹备关于萨曼塔获胜的资料，于是安排人临时抱佛脚，开始筹备一些萨曼塔的资料。但是没想到，从第三场开始，萨曼塔就逐渐露出了弊端，连续两次低级错误为对方奠定了胜局，剩下的两场，汉娜士气大增，打出了虎狼之势，而萨曼塔仿佛丢了魂，站在台上输得血肉模糊，意外的结局让现场的粉丝们失落不已。最终，确实如拉琪所预测的，汉娜成为万众瞩目的新星。

在比赛还未结束的时候，我就开始绑定汉娜推出各种独家资讯，同时推出一些萨曼塔的负面信息，这些内容很快在网上掀起了热烈的讨论，但是无论支持谁、排斥谁，这场比赛都让盖亚拳馆又一次在全虫岛人甚至国际人士的眼里刷新了存在感。这一切，都离不开我提前预知结果的筹划。

看到结果超出预期，我非常满意，结束后走出拳馆发现还有很多记者等在那里，他们想要采访我对于此次赛事的举办心得，我自然条分缕析地说出很多干货。突然一位女记者抛出问题：“作为拳击维纳斯雕像的原始设计者，您能否解释下她头顶上的剑到底是什么意思？”

头顶上的剑是什么意思？头顶上的剑是什么意思？我脑子里慌张地盘算着这个问题，不知道该怎么回答才好，突然灵机一动：“伍尔夫曾说，剑影投射在女人广大的生命中。”我环视一圈周围的女性，“在场的你、我、她都在这个阴影之下。这把剑的一端是传统习俗，符合准则的一切。而剑的另一端，是你发乎于本能的、想要跨入的、离经叛道的生活。我想，一个真正地为自己性别骄傲的女性，绝不惧怕跨越这令人恐惧的剑影，她会为了自己跨越它，为了为我们开路的前辈跨越它，更会为了身后千千万万的女性去跨越她。”

一番慷慨激昂之后，我似乎被自己感动了，脑子里浮现出自己的学生时代、外婆、母亲、狄森屏……想起了那些令我不适的、围着清规戒律无法做自己的记忆剪影。片刻的恍惚之后，我发现现场的女记者们眼中饱含泪花，一滴泪水也悄然滑到了我的下巴。其实我也不记得伍尔夫有没有这么说过，不过在那一刻，这样的话从我的口中生长而出。

回到家中已是深夜，那番慷慨激昂的言辞已经在全网疯传，伴随着拳赛在整个虫岛的顶级热度，一夜之间，我的粉丝数增加了十倍，而且每刷新一次页面，都会有不少新增。这半年来，随着盖亚拳馆的名气大增，我作为它的联合创始人，个人的知名度持续攀升。曾经八百年没见过的老同学和一些只有一面之缘的人都开始在网上圈我，试图和我攀上点关系，在我的身后有越来越多的粉丝认可我、支持我，我做什么他们都喜欢，这些剧烈的变化让我感觉很好，我再也不是曾经那个想法无人问津的透明人。

今晚的成果让我兴奋到难以入眠，想到这半年来的成绩，打算做个回顾。

日期：10 月 21 日

来到盖亚拳馆半年了。

这半年里，我行使了我自信的权利；

这半年里，我带领更多的人，行使了他们自信的权利。

这半年来，我：

亲自操刀为盖亚重新设计形象，以求脱颖而出，令人过目不忘。

优化了盖亚的人员结构，人员预算降低 1/4；

提升了盖亚的会员数量，会员提升 5 倍，亦带动开设新馆；

盖亚的知名度打响，从虫岛大厦一隅遍布整个虫岛；

托盖亚的福，变得小有名气；

业绩始终增长，收到了公司的提前分红。

有人说，当你的思维模式改变，所有在旧有思维中形成的记忆会大片消失。如今看来，确实如此，我已经不太能记得曾经在瑞兴公司的旧事，那些喜怒哀乐似乎都变得渺小而模糊。好笑的是，前几天在咖啡馆里遇到了顾德曼，我冲着他说我还没找到剩下的三颗北斗七星，他看我的眼神很惶恐，讪讪地离开了。

让我充满力量的是当前的一切，我喜欢自己全新的变化。我变得不那么惧怕决策，甚至开始有点喜欢做决策，因为验证自己的决策就是自信的实践。即便有时错误的决策让我沮丧，但也不会有什么样的顶头上司来指责我了，我承担其中的收益与损失，我为我自己负责。

我真的是幸运之人，能认识佛先生与马可，让他们的智慧在我的身上生根发芽。也要感谢拉琪，曾经有那么一刻，我甚至想要成为她，但是此时此刻，成为拉琪并非遥不可及，但我更想成为我自己。

拉琪曾对我说："同情普通人的命运就好像为蚂蚁的生死担忧，不仅浪费心情，而且浪费生命。"第一次听到这话时我觉得太过于冷酷，可是现在越来越明白为什么拉琪冷酷得如此坦然。这半年来对舆论的操纵体验，让我越来越怀疑是否值得对大众产生多余的同情。不过是一场比赛而已，可那些网民竟然能对着比赛的视频大吵大闹、呼天抢地，更有甚者拿出家底对比赛结果疯狂下注，如今的结果让他们的暴富梦想输了个干干净净，不禁觉得他们在浪费生命。

普通人真是花了太多的时间去沮丧与感动，他们对自己疏于观察，对未来怯于考量，总是为外界的潮流左右摆动，他们甚至不如鲑鱼般笃定坚强：它们在某个时刻使命觉醒，携卵洄游，逆流而上。

收割他们，并非罪恶，而是对世界规律应有的觉悟。

合上笔记本的那一刻，一种无所畏惧的能量充满了心脏，曾经的那种畏缩和恐惧似乎消失了，取而代之的一种从未体会过的全能感。我对着镜子左右打量自己，觉得自己像一颗敏捷的子弹，有一种自己爽到自己的快感。我决定小酌一杯庆贺此刻的胜利，突然发现拉琪送的巧克力正好在冷藏箱底。“居然放了半年。”我打开盒子，再一次看着那个娇俏倔强的拳击女孩，拿起一块，轻松地咬了下去。

第四节

第二天清晨，我依然很早来到拳馆，比赛之后，拳馆名气大增，我需要考虑如何让它做一轮全新的升级。

“梨子，现在网上全都是你的名字啊，盖亚拳馆里，你现在是头一号了。”拉琪端着咖啡从我身后走了过来。

“拉琪姐这么早？别取笑我了，没有粉丝冲着你来，哪有拳馆的今天。”

“昨天说的真不错，给咱们拳馆打了个大广告，还是免费的。”拉琪说着把咖啡递给我，“我亲手给你冲的，尝尝味道。”

“真好喝！”我冲拉琪点点头，“昨天我都紧张死了。其实我根本不知道代表什么，临时乱说一气。”

“我没跟你说过吗？”拉琪一副我早该知道的表情。

“是啊，你只说给自己头上悬把剑，这种话怎么能讲给媒体？”

“也是。不过我觉得你说得很好，很符合咱们的定位，而且呢，我发现你变化不少。”

“有什么变化？”

“更有魄力了！前些年见你，总感觉你这也担心那也担心，一直箍着自己，不洒脱。”

“可能吧，在盖亚这边会更有自主性一些。昨天说出那些有点意外，不知道是不是挖了个大坑。”

“哈哈，火了有什么不好。”拉琪笑了笑，“哎？你每天早来晚走的，好久没谈恋爱了吧？”

“是啊，和男友快一年没联系了，嗯……前男友。”

“怎么不谈新的呢？”

“没时间啊，倒是越来越习惯一个人了，一想到谈恋爱就觉得，这个年龄了还要互相交代人生，好累……你不也没谈吗？”

“我没谈，可是我一直有自己的伴儿。”

“那位大佬？你们也不经常见吧。”

“是，我毕竟不是他太太。”

“怎么，意思是你还吃零食？”

“正餐哪有零食好吃。你们 Blueart 的 CEO 也这样啊，一直有年轻男朋友。”

“可是，你这个……被大佬发现了怎么办？”

“我给他充电很累的，自己不也得充会电吗？这样对大家都好。”拉琪满面笑容地回了一个短信，接着说，“女人啊，只有在性方面获得了自由，才不会误把性欲当爱情。如果我总是需要他，那我会变得像一只低三下四的母狗。”

刺一般的观点又让我心里一紧："那……小男友不会难受？"

"难受？只要你愿意给钱，男人可比女人懂事多了。"

"这种事情也要男女有别吗？"

"未必是有别，但大概率如此。男人的共情是有目的性的，他不是不能懂你，而是看你值不值得他花那个心思。所以，只要钱管够，他就会给你你想要的爱情，就像是一种商业操守。"

"如果满意的关系要用钱来买，我还是单身算了。"虽然与拉琪相处的这半年我尝到了冷酷的好处，但是面对亲密关系，我还是希望它不要沦为金钱交易。

"你的觉悟可真不像一个虫岛人。一个颠扑不破的真理就是：生活中的麻烦都是用钱来解决的，如果钱解决不了，那你还需要挣更多的钱。"

"照你这么说，我这过去一年的麻烦都是因为没钱？"

"你说呢？我认识的那些富家小姐，成天被男人围得团团转，这么多年下来，连自己性格差长得丑都不知道，还自以为男人是喜欢她们魅力无限呢。你说你，好颜好胸，人家还是离开你，还不是因为没有硬通货？哎，不跟你多说了，我等会儿约了一个真富家小姐。"

“谁啊？”

“林一甲的女儿。”

“林一甲是谁？”

“虫岛又低调又有分量的大地主，江湖人称穿山甲教父。我最近要在他们家买一栋物业，位置比较稀缺，他们想自用不愿意出，正好朋友介绍他女儿认识认识，我试着吹吹耳旁风。”

“……”

“梨子，我走了！”拉琪拍了拍我的肩膀转身离开了。而我，又开始了忙碌的一天。

忙完工作已经是深夜，一个人坐在办公室里，脑子里突然出现了狄森屏，这么久没联系，他到底在做什么，谈新的恋爱了吗？我当初哪点出了问题，以至于让他必须不辞而别？也许工作的顺畅唤起了我解开旧疙瘩的欲望，他总是觉得我不行，如今我变得更好了，他会怎么想？他会看到盖亚拳馆的报道吗，会想到再和我联系一次吗？诸多的疑问在我脑中盘旋，我想也许应该当面聊一聊，双方说清楚想法，哪怕是宣判死刑，也该彼此知晓罪名。

“我该怎么说呢……”我边刷着通信网络，边琢磨台词。突然，我发现一个很久没联系的前同事发了一张照片，并辅以祝福：“恭喜！”我点开照片，发现一个女孩站在格丽斯天文台下手捧玫瑰，被众人热情环绕，手上的大颗钻戒比星星还要亮。

"啊……我当初……"这一幕让我想起一年多以前，我和狄森屏一起爬到虫岛边上的格丽斯山顶，背后是格丽斯天文台，山下是璀璨的万家灯火，绵延向上是大片的星光，拱着一颗雪白的月亮。我对狄森屏说，晚上在这里求婚一定很浪漫，天地之间的星辰会共同见证一份承诺。狄森屏如同一个木讷的优等生："有道理。"曾经也与他畅想过婚后生活，可如今……想到这里，我心里倒是生出一丝温柔的涟漪。"不过，这个女生……"我觉得这个女生的侧颜似乎有些面熟，我再次点开这张照片，再次放大。"林黛丝！"我惊呆了，"怎么会是她？"

我迫不及待地点开了林黛丝的通信网络，她果然发出了照片，但是没有发出男主角。我点开一张二人手指交叠的钻戒照片，居然发现了一只我再熟悉不过的手，以及指尖是那颗再熟悉不过的痣。"是他？"我忽然感到心跳加速，呼吸急促，"怎么可能是他？才半年多而已啊，而且那颗钻戒足以花掉他五年的工资，不可能买得起……"我心里期待这个人一定不是他，一定是一场巧合而已。但我还是点开了狄森屏那几乎从不发东西的社交圈，他早已将我屏蔽，什么都没有，我长吁一口气，可再次刷新，发现背景改成了格丽斯天文台的璀璨夜景。

刷新的瞬间，我感到窒息，从没想过自己的恋爱竟然以这种方式宣告失败，没有争吵，没有通知，而是以自己的男友与宿敌订婚的方式来告知我出局。我的大脑开始像解压的文件包，无法抑制地弹出一件件过往，我到底做错了什么才会让对方杀之而后快？到底林黛丝哪点好，能让他半年就求婚？哪里来的机会让他们两个勾搭在一起？一切一切的大事小事，证据细节开始在我的大脑中撕扯盘旋，我试图找出一个答案。

我控制不了地开始给狄森屏打电话，发现怎么打都是无法接通；我不断地发信息质问狄森屏，为什么不说分手就能马上和另一个人订婚？但是显示对方已经将我删除。我也无法打电话给同事和林黛丝质问这些，无非是自取其辱。

一阵失控的折腾之后，我筋疲力尽。回家的路上，泪水模糊了我的视线，我不知道自己是生气还是伤心抑或是屈辱，我甚至不知道自己为什么要流泪，因为我知道，不必为一个失联半年的男人心碎。

第五节

回到家，一进门发现灯亮着，沙发中间是母亲。

“妈，你怎么来了？”

“我带人来看房，刚送走一拨人。”

“进我的房子为什么不提前跟我说？”

“你在上班啊，正好有几拨人感兴趣，都约今天带他们看看。”

“那你也可以打电话给我啊，我不喜欢乱七八糟的人入侵我的私人空间。”

“什么叫作乱七八糟的人，我怎么能算乱七八糟的人？”

我没说话，开了瓶酒兀自喝了起来。母亲的倒影杵在玻璃杯上。

“你要明白，这房子是你外婆留给我的，怎么安排它是我的事。”

“可是现在是我在住，是不是要讲点人权？”

母亲叹了口气：“我早就跟你说了房子要卖，我不带人来难道你带人来？怎么着，出名了脾气大了？”

“这和出名有关系吗？你根本没有听懂我说的话。”

“我听懂了，你觉得这是你的私人空间，可是你要早点动脑筋想一想，它到底是不是你的私人空间？你能在这里住多久？它迟早要卖掉，你也会结婚，成为一个有家的女人。”

“一个有家的女人？结婚才配有家？你看看这间房子，每一处都是我的一部分，不管它粗糙、陈旧还是丑陋，每一个细节都参与了我的生命，这样的地方难道不配叫作家？”

“梨子，你要明白家是什么。家是家庭，成立家庭的人才有家，不成立家庭的人只能说是漂着。”

“我们对家的理解不同，在我看来，让我有安全感的地方才是家。我冲浪，我塑像，我画画，它们都是我的家。可如果我和一个男人在一起，他让我担惊受怕，让我否定自己，让我不堪重负，我为什么要把和他住着的那个水泥盒子叫家呢？”

“别幼稚了，你父亲谈不上对我多好，但到了我这个年纪，我至少是一个有家的人。你刚才那番话，你去虫岛大街上喊喊，看看谁听了不会笑掉大牙。我是你的母亲，怎么可能害你？你现在要做的就是早点结婚，不结婚你就没有房子住，更没有家。”

“你什么意思？不结婚我就要露宿街头？”

“你说呢？除非你有自己的房子，可那空落落的也不能叫作家。”

“那这么说，我从来都没有过家？”我对母亲的话感到窒息，“你着急卖这套房子，卖了的钱你准备做什么？”

“这是我要考虑的事。”

“你会再买一套吧，如果我没猜错的话，你早就在四处看房了。”

“我的钱，我有支配它的权利。”

“给谁买？”

“这不是你该关心的事。”

“到底！到底给谁买？”我盯着母亲加强了分贝。

母亲嗫嚅。

“看样子肯定不是给我买喽？也不是给你买。对吗？”

母亲还是没有说话。

“你总说我比弟弟优秀，让你脸上添光；我如今出名了，让你在学校很有面子。既然我为你做了这么多，这个时候怎么不能按劳分配呢？”

“什么叫按劳分配？我只知道谁更需要就给谁。一个男人，没有房子怎么结婚？”

“你怎么不想想我没有房子怎么结婚？两手空空拎包入住的女人在男人眼里更有魅力是吗？如果我住在富丽堂皇的大宅子里，追我的男人已经排长队了吧？你既然催着我结婚，为什么不想想是什么限制了我结婚？”

“为了你的钱找你的男人能是什么好男人？”

“为了他的钱找他的女人能是什么好女人？”

“你怎么想我管不了，你这辈子也学不会理解我。”

“我不学着理解你？我一直在学着理解你，我用我过去所有的人生在告诉你：我在努力理解你。我为了让你们多关注一点，从小努力学习，长大拼命工作，储蓄放在你手里，忍着不怎么喜欢的工作一层一层往上爬，为的就是证明我值得被关注、值得被爱。可事到如今，在性别面前我依然是个二等公民，我一个狂奔了小半辈子的人居然赢不过一个从头到尾躺着的人，这委屈跟谁说，谁又能理解我呢？”

“你想太多了，生活没有你想的那么复杂。”母亲叹了口气，“你就是太要强了，女孩子这样注定很辛苦。”

“不要转移话题了，你从不肯给我一个公平的交代。什么要强？我要强有错吗？如果我不要强恐怕走在大街上你都不认识我吧？怎么才算不辛苦呢？”想到这些年拼命地证明自己却只换来这些，我绝望得像一只翅膀碎裂的麻雀，“妈妈，要强的女孩承受枷锁的苦，懦弱的女孩承受奴役的苦，只是选哪个苦来受罢了。”

“你到底在说什么？”

“我累了，你想待在这里就一直待着吧，反正是你的房子。”我拿起衣服出了门，泪水如暴雨倾盆。

走在马路上，冷风穿透我的每一根头发，让我头痛欲裂，我想不通，为什么我就要承受这样的命运？为什么我就要生在这样的家庭？为什么我就不能有一份真挚的爱情？我如此地痛恨这一切的不幸，可它们又如此沉重地笼罩着我的生命。这套老房子早已是我生命中最重要的伙伴，可它也摆脱不了离开我的宿命。拉琪在为住哪一套大宅子而忧虑，而我却为无家可归怎么办而忧虑，这世界的苦痛果然并不相通。远远地，我看到母亲离开了，可我并不想回去，虫岛的夜空看不到繁星，我像是坠入了一个无边的黑洞，我渴望自己被吞噬，成为黑洞的一部分，然后残忍地吞噬一切。

第六节

连续一周的时间都是辗转难眠，即便是浅睡也会在半夜被心脏震醒，又一次觉得人生过不去了。

10 月 28 日，床头烟点亮清晨，我决定启程去佛岛。如果不打败自我折磨的心魔，正常的生活难以为继。6 点钟离开公寓，发现一封邮件被丢在门口，墨渍和水渍糊成一团，我本想当垃圾扔掉，但是一犹豫还是扔回了家里。时间已经来不及，我飞快跑上车，一脚油门踩向虫岛大厦，只想瞬间飘移到佛岛。

从电梯出来，佛岛已是纯色之境，踏雪疾行，又一次抵达√7。宽广的窗户像是一个巨型的雪景浮世绘，巴掌大的雪花如海浪一般在画面中卷动，马可对着窗外的雪片扑来扑去，不时因为失手而哼唧作响，雅图依然和蔼有加，看到我冷得手脚麻木，递给我一杯热红酒。

“看来外面很冷，你的脸色不大好。”

“佛先生，我的心情很糟。”

“嗯。如果想跟我们说说的话……”雅图耸耸肩，给我一个鼓励的眼神。

“之前与你们说过我的上一段恋爱，我本以为只是不辞而别而已，可是没想到在我们分手之前，他就已经和林黛丝在一起了，而且前几天，他向林黛丝求了婚，就在我最希望被求婚的地方。”

“所以你很失落？”

“坦诚讲，不是失落，而是一种痛苦……一种无法抑制的恨。我突然觉得我不了解这个男人，竟然从没看出他的狡诈；而这个女人也让我感到恶心。他们明知道有我的存在，还是偷偷勾搭在一起……”

“这两个人里，你更恨谁？”

“我都恨，但我更恨狄森屏，他明知道我和林黛丝是宿敌，还是选择和她在一起……”

“那……你和狄森屏两个人，你更恨谁？”

“我更恨谁？佛先生，是他伤害了我！我为什么要恨自己？”

“这有什么不明白的，你们人类所有的生气都是在气自己！”马可追着雪花不耐烦地说道。

“我气自己什么呢？”

“你气自己的无能！”马可补充道。

“梨子，其实这两个人早就从你的世界里消失了，但是现在，你在为已经消失的事情折磨自己。”

“可是他们在一起的时候我们还没分手，我被骗了！”那种强烈的恨意再一次冲上了头顶，“佛先生，从小到大，我这个人……”我的身体开始战栗，泪水忍不住地往下落，“我不恨自己没拥有，只恨拥有的被拿走！也许对于你们来说这不算什么，但是对于我来说真的非常非常痛苦……”

“梨子，我发现你刚才说‘你不恨自己没拥有，只恨拥有的被拿走’时情绪变得非常激动。你可以先平复一下情绪，慢慢回忆一下，你人生中第一次发生这种强烈的念头是在什么时候，当时发生了什么事让你这样想。”雅图指着壁炉旁边的沙发，“你可以靠在那里想想，想好了对我说。”

我躺在沙发上，雅图递给我一个黑白小人，刚拿到手里的时候，我手掌麻麻的。我看着壁炉里的火焰起起伏伏，顿时觉得那种麻木的感觉布满了全身，我像是进入睡眠前期，情绪上的阻力逐渐消失了。

雅图轻轻问我：“我不恨自己没拥有，只恨拥有的被拿走，这是什么时候的事？”

我的大脑从一片混沌之中逐渐清晰起来，浮现出一个小小的红色闹钟："小时候，我有一个心爱的红色闹钟，它是外婆送我的我人生中第一个玩具，秒针转一圈，分针才能动一格，这种迷人的秩序让我着迷，我会对闹钟诉说我的心事和愿望，觉得它们会被记录在时间里，在某一天一定会实现。有一天，妈妈带着弟弟来了，弟弟也喜欢这个闹钟，妈妈让我送给弟弟玩几天，可是闹钟是我最好的朋友，我不愿意，当时我求饶、哭闹，可母亲斥责我自私、霸道。于是我只好忍着心痛说能不能第二天送给他。在那天晚上，我偷偷改了闹钟里的零件，倒上了花粉，第二天送给了花粉过敏的弟弟……走不准的闹钟成为弟弟的童年噩梦，他开始严重哮喘，全身发痒，几乎什么事也做不了。母亲不知道花粉在哪里，于是一遍又一遍地清理家里，却没想到问题出在这个闹钟上，他们以为弟弟得了严重的病，每天为这个东奔西走。"

"当时你是什么感觉？"

"我开心，但我更难过。我难过没有了我的小闹钟，也难过为什么生病的不是我。如果我生了病，他们会不会多关注我一点。"这时我睁开双眼，满脸都是泪水。这么多年了，这个回忆再次出现，我还是会痛苦得翻江倒海。伴随着我的啜泣，房间变得极其安静，马可不再跳上跳下，而是趴在垫子上静静地看着我。雅图也表情严肃，所有人陷入了沉默。

“佛先生，您觉得我因为这样一件小事就小题大做是不是很可笑？”

“从个体的感受而言，不存在小题大做这回事。”

“不存在？”

“就好像，对大人而言睡觉怕黑是小题大做，但对于小孩来说不是；于大象而言猫咪咬它是小题大做，但对老鼠来说不是。人的成长，就是一次又一次的小题大做。”

雅图的话让我宽慰了很多：“其实这么多年来，我几乎已经忘记这件事了。”

“但你后来的很多伤心，会与它有关。”

“是吗？可是我发现狄森屏订婚的时候并没有想起闹钟的事，它们是两件事，时间差得太久了。”

“痛苦可能会被我们忘记，但它们并没有消失，只是睡着了。如果一件类似的事情再次发生，这种熟悉的痛苦会被突然唤醒，人们会误以为自己在面对一个全新的痛苦，但它很可能是曾经的痛苦在新事物上的映射。”

“就好像……一朝被蛇咬，十年怕井绳？”

“是的，痛苦也是一种经验，就好像你学会了游泳，并不会刻意记着它，但多年后你再跳进水里还是会游起来。当我们对一些事情有了痛苦的经验后，如果再次进入类似的环境，依然会唤起这个经验，痛苦可能会加倍，因为曾经的痛苦又映射在了全新的痛苦之上。”

“可是我不希望承受这么多的痛苦……佛先生，脆弱是人的宿命吗，还是说坚强本来就是假象？”

“每个人的一生都是在走自己的剧本，所以我们只能把自己当作问题，把自己当作答案。执迷于一个确定的标准只会加重你的痛苦。所谓脆弱、坚强、幸福、不幸，都是一个人的精神状态，而你的精神状态如何并不完全取决于这个世界如何对待你，而是更取决于你如何看待这个世界。”

“您是说态度决定一切？在虫岛，这话早被当作陈词滥调。你有再好的人生态度也比不过别人有钱、有漂亮脸蛋、有成功的事业、有富有的家庭……只有让幸福眼见为实，别人才会相信你真的幸福。”

“眼见真的为实吗？”

“眼见不能为实吗？”我很困扰他的疑问。

“那这些精明的观念能说服你吗？”

“这个……”面对雅图的诘问，我有些语塞，“如果能说服我，我就不会在这里，我痛苦是因为情感上的因素。”

“其实不论富人穷人，每个人的幸福与痛苦都是一种个人的情感状态，我们的欲望、满足、胜利、失落、平静、焦虑，都会让我们的幸福感受发生变化，我并不想说‘态度决定一切’这种武断的话，但是你需要去发现一点：引发我们情绪和行动的，不是诱发事件本身，而是我们对诱发事件的认识和态度。”

“引发我们情绪和行动的，不是诱发事件本身，而是我们对诱发事件的认识和态度？”这话听起来太抽象了。

“就好比一个人看到两个快要饿死的乞丐，于是给他们一人一块发了霉的面包。一个乞丐很高兴，‘好心人救我一命，我命不该绝’，然后大口地吃了下去；而另一个乞丐看着绿色的霉菌哀叹，‘我的命可真苦啊，都快要死了，还有人拿发了霉的面包侮辱我’，于是扔掉面包，等着咽气。同样一块面包，一块扮演了上帝，一块扮演了魔鬼，可它只是一块面包而已。同样的事发生在不同的人身上，会产生不同的认识和态度，进而产生不同的情感和选择，这一切在人生中不断堆砌，让人通向不同的人生。”

“可是……难道我要把那些伤害我的人当作刺激我成长的恩人吗？”

“梨子小姐，先去好好休息吧，等静下心来你可以想一想，这些让你痛苦的事发生之后，你是怎么想的，你为什么会这么想，这些想法又是怎么给你制造痛苦的。”雅图摸了摸马可的头，“马可，带梨子小姐回屋休息吧，我们明天再聊。”

第七节

日期：10 月 28 日

回到猫窝一睡不醒，再睁眼已是黄昏，漫天雪地被夕阳染得粉橙交错，恍惚间有一种置身何处的迷惑感。不得不说佛岛是一个特殊的存在，自从工作之后，我的睡眠变得越来越敏感，外婆离开之后，半夜惊醒的次数更多，但是在佛岛不同，我每一次都能睡得安稳，让我情绪不再那么沸腾。

此时的状态适合思考，适合回忆，适合好好想想那个红色闹钟对于我来说到底意味着什么。

从记事起我就发现别人都与父母生活在一起，而我与外婆在一起。我总是想象和父母在一起生活会不会更幸福，但他们对我的态度让我明白，只有与外婆在一起才会有幸福。这一切都让我在长大的过程中充满了不安，也许我的潜意识里始终需要一种自己的秩序，这种确定的秩序才能给我安全感。而这只红色闹钟属于我，我给它上好发条，让它和时间相互追逐，它的每一声嘀嗒都是专属于我的生命秩序。可母亲的到来剥夺了它。

在后来的记忆里，红色闹钟不再是快乐，而是无法掌控、不被偏爱、被剥夺、被歧视、被暴力，小小的闹钟让我在似懂非懂的年龄里，将这一切的感受凝聚于一体，成为一种肌肉记忆。

行笔至此，我泪流如注。

如果你在无辜的童年，就被箍上了一副眼镜，总是放大眼前的悲伤，强化那些不安全感，铺陈一次又一次不必要的恐惧，那你又该如何面对这个世界？

第八节

新的一天是透明的，因为这一天是从冰屋开始的。这么久以来，我第一次踏上了√7的屋顶，整个屋顶都是透明的，连日的寒冷与积雪让屋顶得以搭造出一个结实的冰屋，从远处看如同一个玲珑剔透的玻璃半球。我裹着巨大的毯子，马可也穿上了兔皮马甲，我们围着雅图开始了新一天的谈话。

“好亮，像是飘在天上。”强烈的阳光泛着淡淡的紫色，像是一种幻觉。

“哈哈，充分的阳光有助于治疗抑郁。”雅图笑着递给我一杯新调的咖啡。

我望着屋顶，阳光穿过冰块悉数落下，确然能让抑郁情绪有些许的松动。桌子是一整块透明的冰，冰里是一株绽放的梅花。咖啡里的酒精让喉咙和毛孔齐齐发热，加速唤起了我久违的清醒。今天的马可似乎散发出一种松柏木的味道，我抱着它，晒着太阳，一切都让人镇定、安稳。

“昨晚我一直在想红闹钟的事，我在想，如果一个童年记忆让我痛苦了这么多年，那它在当时一定强烈地影响过我，甚至改变了我看待世界的态度。”

雅图点点头，示意我接着说。

“您说得很对，引发我们情绪和行为的不是诱发事件本身，而是我们对诱发事件的认识。昨晚我尝试着跳出自己的身份，设想假如我是一个从小被父母偏爱的小女孩，有一天母亲让我把自己的小闹钟给弟弟，可能我也会生气、哭闹，但想必它一定不会成为我难以释怀的记忆。但是……承受这件事的人不是她，而是我。父母对我长久的疏远让我敏感多虑，在我心里会放大这件小事，把它放大为我不被爱、我被抛弃、我被轻视、我不配拥有……它像是一种象征，包裹着一系列沉重的观念压迫着我。所以折磨我的，是我对这件事情的看法，而不是那只小闹钟。”

“很好，你已经明白我昨天的意思了。”

“其实恋爱也是。昨天您说得对，一个已经离开我的人，选择谁都和我没有关系了，但是我自认为他应该是坦荡的，他应该对我做个交代再开始恋爱，他必须在选择新女友的时候考虑我的感受……我为自己设计了一个安全感的框框，可这个框框不属于他，所以，一旦被打碎，我会非常痛苦。但如果我从没有过这个框框，我就不会因为后来的事而痛苦，所以我的痛苦确实是因自己而来。”

“喔……你已经完全理解我昨天在说什么了，还引出了今天要和你聊的两个话题。”

“什么话题？”

“一个话题我把它称为‘应该的折磨’，另一个话题叫作‘三个无条件’，这两个东西都关乎我们如何客观地接纳世界、接纳自己。”

“什么是应该的折磨？”

“你有没有觉得，脑子里充斥着诸如‘别人应该如何如何’‘我必须如何如何’的人往往生活在紧张与不满中？”

“对，我就是这样的人。必须有好成绩，必须进大企业，必须结婚……很多时候我都会用‘必须’来逼迫自己，但是从没想过我‘必须’做的那些事到底是不是真的热爱。深究起来，它们之间似乎有一种 want 和 love 的区别……确实很奇怪，为什么脑子里会有这么多的‘应该’‘必须’呢？”

“‘应该’‘必须’是一种非常有效的心理毒药，虫岛人最喜欢用在教育中，老师与父母常常对孩子说你应该如何、必须如何，久而久之，孩子会形成一种用无数个‘应该’和‘必须’构造的世界。他们的世界充满了‘应该’‘必须’，但是几乎没有什么空间留给热爱、渴望；他们按照别人的框框不断地填充安全感，可自己又像是一个空心的壳。当他们发现现实无法与自己的观念形成配合时，就会滋生出很多愤怒与痛苦。”

“您说得对，虫岛人多半是这样。我认为你应该赚很多钱，你做不到，所以吵；我认为你应该学习好，你做不到，所以吵。似乎我们每个人兜里都有一堆的‘应该’和‘必须’，每天与周围的人互相抛掷，彼此折磨，这种感觉很痛苦，但是根本不知道该如何摆脱。”

“梨子，你觉得人会被什么打倒？”

“如果是心理层面的话，人会被无法承受的挫折打倒。”

“那在什么情况下，一个人不会被任何人、任何事打倒？”

“什么都不怕的人？”我托着下巴陷入回忆，“我记得以前看过一个电影，里面的女主角想要争夺王位，当她看到自己的宿敌因为有了孩子而变得犹豫懦弱，于是就决定自己不生孩子。没有了孩子就意味着没有了软肋，那么她就可以肆无忌惮地对政敌残酷镇压，再也不担心打击报复。所以……当时我在想，我们之所以容易感到恐惧、痛苦，或者非怎么样不可，可能是因为我们有太多的在乎。如果我们没什么可在乎的，似乎就没那么容易遭受恐惧和痛苦。”

“非常好，不在乎就会不痛苦。所以回到刚才的话题，想要摆脱生活中的绝大多数痛苦，就需要学会三个无条件接受。”

“三个无条件接受？”

“对，无条件接受自我、无条件接受他人、无条件接受生活。”

“为什么要无条件接受这么多？像是一种不平等条约。”

“恰恰相反，只有做到这些，你才能拥有生命的主动权。”

这个说法让我疑惑：“那怎样才算无条件接受自我呢？”

“无条件接受自我，意味着总是能接受自己的弱点。人们总是过于关注自己的弱点，想方设法逃避、遮掩、粉饰，反而给自己带来了压迫。”

“好像是这样，每个人都会有一个理想化的自己，总是喜欢拿实际上的‘我’和应该的‘我’比较。可是我觉得追求理想化的自己没有什么错，如果我们总是无条件地接受自己的弱点，会不会对于弱点过于放纵呢？”

“不接受意味着一种对抗，也就是把真实的自己放在了自己的对立面，这会让改变变得更加艰难，而接受恰恰是面对现实的表现，需要我们付出更多的勇气。只有以真实的自己为起点，才能扎实地走向理想的自己。”

“是的，如果总是否定真实的自己，反而更难着手改变现实，心灵也得不到安宁。第一个无条件我有些理解了。但是关于第二条，我真的要无条件接受别人吗？我不可能对每一个人都有善良的义务，如果别人伤害了我，我觉得他们没有资格拥有我的无条件接受。”

“那你准备做什么？”

“我不会做什么，但我有恨他们的权利。”

“对，这是你的权利，但如果你做不到无条件接受，那你就还是活在‘应该’‘必须’当中，而不是真正的现实当中。无条件接受并不意味着无条件原谅，而是勇敢地接纳已经发生的现实，只有这样，你才能不被过去束缚，自由平滑地向前走。”

“是……道理是这样。我也很想摆脱这些痛苦，但有时候恨像是一种对尊严的执着，好像……好像摆出恨的样子才算对得起自己。”

雅图点点头：“每个人都爱自己，有时候这种爱让我们更好，有时候这种爱让我们变本加厉地受伤害。但是每当我们产生恨的时候也要想，你在过去的恨中多花一分钟，就在现实世界中少活了一分钟，这种对于过去的不接受，到头来约束的不是别人，而是自己。”

“是啊，狄森屏怎么样是我不能改变的；有什么样的父母也是我不能改变的，改变自己都这么难，更何况让别人为你改变，您说的我大致理解了，但要做到我还需要很多时间去消化。我想……我也大概理解您说的第三点无条件接受生活了。”

“天地不仁，以万物为刍狗。上天并没有给每个人分配一样的运气与苦难，接受这一点并不会让生活变坏，反而让我们不带情绪地与现实相处，让自己的主观意志发挥更大的作用。”

“可是，如果以这样的态度活着，人会不会变得逆来顺受，成为一个软弱的人呢？”

“这是一个好问题，这样的人生观会衍生出两种人格，一种人格是软弱无力的，而另一种人格则是宏大有力的。”

“为什么会产生两种人格呢？”

“这取决于你是否放弃了生命的主动权。如果你的无条件接受只是毫无反应地躺着，那不过是让命运任由现实践踏，并没有活出自己生命的力量。但另一种则是极具空间感的人格，正因为他对于生活中的一切都能做到无条件接受，所以他勇敢平和，对现实真诚，对自己真诚，他与外部世界形成了高度的一致性，那么他的能量永远不会因为自我对抗而无意义地损耗。所以，他总是很平静，总是有无穷的能量去做那些他真正想做的事，让真正的自我朝着更远的半径延伸。”

“哗！”一只鸟落在了冰屋顶上，马可腾空而起，瞬间鸟儿又消失。这时我才发现，太阳已接近正午，冰屋好似燃烧着金色的光，每一寸都熠熠发亮，天空万里无云，静谧的蓝色落在冰块上，半球体犹如一颗硕大的蓝色宝石，碎花一样的光斑在三个人的脸上闪闪烁烁。

无条件接受自己，无条件接受别人，无条件接受生活，我真的能做到这些吗？

第五章
鱼岛旅行记

第一节

在佛岛的这几天，雅图跟我说了很多，不过从学到到做到恐怕需要很久。但至少，我在黑暗中走进了一条隧道，远方有光点，我知道我有希望。

我还有大量的工作留在虫岛，马可陪我走向回程电梯，一路上，我忍不住与他分享自己近期的事业进展。

“你的运气会更好。”马可平淡地说道。

“会吗？我没法想象还会有更好的事情发生。”马可说话一向很准，听到它这句话，我心中一阵窃喜。

“你等着瞧就好。”

“哈哈，是不是因为我前半辈子太倒霉，老天决定补偿我一下？”

马可没有理会我所说的，反而表情凝重：“越是好运，越要明白傲慢的代价。”

“什么意思？”

“记住我说的话就好。”

转眼就走到了电梯，我抱了抱马可挥手告别，很快就到了虫岛。

第二天我回到公司，未料想一进门，拉琪就带着所有人对我鼓起了掌，手捧一个水晶奖杯递给我。这时我才发现，自己被虫岛企业家联盟授予了年度最具创新女创业家奖，所有人都对我发起了祝贺。这是我完全没想到的，惊喜之情溢于言表。这是一个很有分量的奖项，意味着我很快会被虫岛上的大多数人知晓。不过我记得过去连续两年拉琪都上榜了，虽然是两个不同的奖项，但是足以证明业界对她的认可。然而不知道为什么，这一届她没有得到任何的奖项，但是拉琪像是早已习惯了这些荣誉，看起来并不在意。就像小时候一样，她无比真诚地为我的成绩祝贺，并且特意拿出一瓶我出生那年的好酒与我举杯痛饮，这让我非常感动，毕竟在虫岛这样的地方，你每向上爬一步，就多几个看你不爽的人，身边能有一个好姐姐为你的高兴而高兴，是多么幸福的事。不仅如此，拉琪还告诉我近期还有一笔大的分红在路上。

过去这半年只是借助盖亚拳馆提升了不少名气，而这个奖项增加了整个社会对我的认可，帮我建立了更加有分量的公众形象，我不再仅仅是一个拳馆的运营者，也成为一个具备社会认可度的企业家。生活开始有了更多的变化，邀约越来越多，工作越来越忙，时间的挤占已经让我没有更多的精力去纠缠那些伤春悲秋。盖亚拳馆的营业额稳中有升，我们开始开发各式各样的衍生品，服饰、酒水、香烟，旨在打造一个脱离了男性评判体系的女性品牌。我们甚至与汽车公司合作，试图打破自汽车发明以来始终以男性视角进行设计的惯例，尝试以女性的视角与功能诉求进行颠覆性的移动空间设计。“盖亚”已经不再是一个拳馆品牌，而是一个定义女性生存态度的综合文化体。一些外部的资本也开始联系拉琪，希望做一些股权投资，以期盖亚能在未来有更乐观的资本表现。

很长时间以来，我没有太多的朋友，但是随着知名度的上升，周围的朋友越来越多，Niki 邀请我去她的美容院，把我当作 VIP 客户来照顾，而且经常邀请我做女性文化对谈，将对谈的内容作为媒体宣传，彰显美容院的品牌格调。Amanda 早已财务自由，虽然她还是和上学的时候一样搞不清楚数字和数字之间的关系，但是她认定我们是一个好的投资标的，时不时打听有没有资本接触我们，她的集团有没有机会参与。那些早已陌生的关系一个接一个地突然熟络了起来，冒出了很多老朋友，也多出了很多新朋友。从小我就是一个备受忽略的人，只有拿到瞩目的成绩才能赢得一点点的爱，而现在，这种爱比那个时候更多、更强烈，它们潮涌般落入我的生活，让我时时被关照，让我再也不孤独。

第二节

转眼到了 12 月，随着新年的到来，很多人都开始办跨年 party，我自然也少不了参与，曾经的小透明，如今也能坦然地成为座上宾。一天夜里，我几乎醉着离开酒吧，在深一脚浅一脚的模糊视线里，一个熟悉的身影从眼前划过。“林黛丝……”我心里念出了名字，试图悄悄追上去仔细看看是不是她，但是那个人却很快消失了。

我回家之后，那个身影始终在我脑中盘旋，早已放下的事情又如沉渣泛起，一系列的问题又涌入脑海：“他们在一起是什么样……他们结婚了吗？”

我按捺不住好奇心，决定去林黛丝的博客页面一探究竟。

大学的时候，大家陆续开始有了网络博客，每天上传自己的心情与照片。在那个网络世界里，早年的旧相识居多，工作后，大多数人会离开，留下的人大多会把那里当作树洞，有空就发一些自己的小情绪。我已经很多年没有登录过了，博客账号早已荒芜，花了不少力气找回密码，终于搜到了林黛丝的账号。点开主页，赫然展示的是一张热烈的求婚照。林黛丝站着，狄森屏单膝跪地，环绕着不少熟悉的面庞。我再次放大这张照片，试图从他们的脸上挖掘到某些不自然的细节，可每一个人的快乐都似乎浑然天成，男主角激动兴奋，女主角娇羞感动，群众投入百分百祝福，所有细节都是那么完美，一种背叛的不适感再次爬上我的心头。图片的下方，林黛丝逐条回复祝福，告诉所有人：1 月 1 日订婚仪式，4 月 1 日婚礼仪式。虽然此前我已经将他们的事搁置一旁，但是看到他们这么快就走向婚姻，依然百感交集。有什么比看着宿敌成了前男友的太太更刺激的呢？逆着时间线，我一条又一条地往回看，很意外，除了这张照片，博客里没有任何关于狄森屏的消息，不过仔细想想，如果早点发出来，恐怕我也不至于等到他们求婚还蒙在鼓里。不过更让我意外的是，林黛丝的网络博客并不像她本人那么热闹，而是更像是一个孤独的、自言自语的工作日志，时而是配着酒的照片，说工作好辛苦；时而是配着花的照片，说自己要努力；时而半夜碎碎念，为了一些不大不小的纠结。我边看边想，她看起来那么强势，没想到每天心情的起伏跌宕和自己没什么两样。就这样，我一条又一条地翻到了两年前，竟然看到了自己的名字。林黛丝写着："好羡慕 Lizi，总是知道怎么考虑别人的感受，我怎么就做不到。"我心里咯噔一下，她居然会这么想？继续翻到了大学时期，竟然是一张一群女生的学士服合影，里面赫然有我的笑脸，林黛丝配文说："前途山高路远，友谊地久天长。"友谊？还真是一个陌生的词啊！那个时候的林黛丝还只是普普通通的四方脸，平淡的五官毫无出彩之处，毕业后的她一年比一年好看，虽然与大美女依然有不小的差距，但是早已超出了路人的水准，如果不是眼睛之间的距离，你甚至都不相信她和照片上的女孩是同一个人。再向前翻到大二，居然又看到一张自己的照片，那时我们还不认识，我作为助教给数学基础差的同学讲题，配图文字依然是那个年龄特有的没头没脑："嫉妒她的数学！都是同龄人，我怎么这么弱啊！"她居然会嫉妒我？我嫉妒的人也在嫉妒我？真是令人怅然，突然觉得我看到的不是我看到的，我以为的也不是我以为的。缓过神儿来后，我继续向前翻，照片是一张久远的自拍，手边是一个硕大的花之圣母玛利亚教堂牙雕，牙雕的下方有几个模糊的烫金小字，我使劲放大，上面似乎写着：一甲集团。一甲集团？林一甲？林黛丝？难道……这两个名字被我连在了一起。

为了证实我的想法，我发信息给拉琪：“拉琪姐，林一甲的女儿是叫林黛丝吗？”

她很快回我：“是哦，你怎么知道？”

“我原来的同事，工作很拼的样子，今天才知道她根本不用上班。”

“哈哈，这些人嘛，工作只是为了融入社会，或者说展示一种有钱也不会无所事事的高贵。”

有钱也不会无所事事的高贵？真是讽刺，穷人工作就是迫于生计，而富人工作则是灵魂的高贵？我突然明白为什么她当时工作没几年，却总是能引入一些很有挑战的大项目，为什么她总是我行我素地展露着坏脾气依然不影响她节节攀升。我一直以为这种强势又冷漠的做法是某种雷厉风行的风格，如今才明白，在这个世界，评价穷人和富人的标准是不一样的，她有绝对的实力让人们无视她身上的那些尖刺。

翻过这些年的回忆，我似乎对她没有那么讨厌了。在巨大的差距面前，那些不公的感受反而释然。不然如何呢？在过于强大的对手面前，强调制度公平是没有用的。

这时博客弹出一个页面：您可能认识的人：爬山的 Cici。

Cici？我原来的副手？我点了进去，发现她没有关注什么好友，信息流也稀稀拉拉，似乎并不经常登录。不过既然点进来了，我还是想满足自己的好奇心，于是一条一条往前翻，突然看到很长的一段话：

这个社会对女性一点也不宽容，如果你不漂亮，最好要聪明；如果你不聪明，最好要顺从；如果你三者皆无，有一对富有的父母也会挽救你于水深火热之中；如果你四者皆无，最好从男人的择偶市场消失。可消失并不意味着你有机会做一个无人打扰的透明人，社会的恶意会像拌面里的辣椒油，渗透在你生活的每一个细节中。你自信是罪、自恋是罪、喜欢美男也是罪，种种美女身上习以为常的特质如果不幸降临在你的身上，都将是人人鄙夷的罪名。一切的压迫让你成为一只沉默的蜗牛，拖着重重的壳，缩头缩脑地过一生。哈哈，当蜗牛也并不是最差，最差的是你爱上了一个帅气优秀的男人，你在他身上倾注了多大的热情，就会在他那里跌入多深的地狱。他不用做什么，就足以摘掉你那唯一的壳，让你牵肠挂肚地暴露在这个世界，让你受伤害，让你受凉薄。也许你心里的爱比银河系还美，可他却看不到哪怕一颗火星。你开始恨自己，恨自己像烂泥巴一样让他避之不及，恨自己没有美丽的外貌让他沿着肉体发现你那岩浆一般的爱意。最终，你的灵魂被你的肉体摧毁，让你饮恨终身，诅咒这个人间地狱。

我的内心大受震撼，无论如何也想不到 Cici 竟然能说出这样的话。她是我见过的最低调的女孩了。自她做我的下属以来，我始终觉得她彬彬有礼、谨小慎微，很少发表负面意见，所有指派的工作从不拒绝，让人感受到绝对的放心。上班时她是最勤奋的，早到晚走堪称劳模，所以免不了总有各路领导支使她，但她从来都毫无怨言，对别人交代的事情似乎也是尽心尽责。这样的人总是给别人充分的安全感，所以我向上司推荐她做了我的副手，很多时候我都愿意给她更好的福利，因为她和我一样，家里不太有钱，工作是改变生活的唯一可能。我们经常一起加班，下班时我也经常捎她一路，聊聊工作，聊聊生活。相比工作关系，我们还多了很多私人的情谊。偶尔她会向我透露她的家庭，父亲收入微薄却停不了吃喝嫖赌，母亲得了治不好的病，身体每况愈下，所以很早开始她就需要不断地拼命，去赚奖金，赚加班费，去省吃俭用地供养一大家人。

我很意外，这样一个内敛自持的人能说出这么愤怒的话，因为这些年来我甚至没有见她生过任何人的气。其实从我的角度来看，她曾经漂亮过，只是生活早早地榨干了她。长期的焦虑和营养不良让她看起来像一根腐朽的木头，似乎随时都会碎裂；由于幼年缺乏细致的照看，她的眉毛上有道疤，所以她经常用半边头发遮挡着。长期的谨慎度日，让二十多岁的她有一对严肃的法令纹。但是谁都能看得出，她始终在尽力地展现一种体面，加上体贴稳妥的性格，她绝对可以算得上一个让人舒服的女孩了。

我实在没有想到她会有这样极端的想法，这是去年写的话，可那个时候，我明明记得她是有追求者的，好几次遇到她与一个男生一前一后相差五米走在一起。甚至有一次男生拉她的手，她紧张地甩开了。所以她博客里说的男生是谁呢？我很难想象。

第三节

时间很快到了年底，1 月 1 日就是林黛丝订婚的日子。想到这一天的到来，我心里还是有一些惘然若失。面对工作，我早已变得情绪稳定，游刃有余，唯独感情中的枝节会让我心情波动，泛起阵阵的酸涩。但我想，不该再被这样的事情困扰下去了，陈年旧事挂念至此，不应当再带入新的一年，而了断这件事情最好的方法就是去面对它。

12 月 31 日的傍晚，踌躇再三，我决定打电话给林黛丝，堵在心里的恩怨不如用一句简单的祝福稀释掉。我做好心理准备，按下了那个很久都没联系的号码。

“哦……喂……”林黛丝接了电话。

“黛丝！”

“哦……梨子。”她显然很意外我会给她打电话。

“听说你们要订婚了，祝你们幸福！”

电话那头沉默着，我不知道对方会说什么。

“谢谢，谢谢你。”

“嗯……没别的，就是电话祝你幸福，给……狄森屏电话不太方便，打给你比较好，作为老同学，应该给你送上祝福。”

“谢谢，谢谢你，梨子！”电话那头的声音尴尬无措又掺杂着一丝的颤动。

“没别的了，就是祝福你。我先挂了，新年快乐！”

“哎……梨子！”林黛丝似乎有话要说。

“嗯？怎么了？”

“我挺意外的，没想到你会打来电话。”

“应该的，作为老同学，我应该送上祝福。”

“我很感动，谢谢你。其实你走了之后我也想过联系你，但是你知道，这个事情我不知道怎么开口。”

“不用开口，何必让自己不舒服呢。”

“不是，不是这个意思。我是说，我觉得很对不起你。”

“没什么对不起的，你们两个很适合，我相信他一定会照顾好你的。”

“人生那么长，谁知道呢。”她的口气似乎不那么自信。

“嗨，这个时候就别谦虚啦，相信自己，一定会幸福的。”

“梨子，不瞒你说，这件事情我也没有想到，完全是一个意外。”

“意外”二字勾起了我的好奇，我沉默不语。

“去年 6 月上旬的时候，有一天我去虫岛大厦办事，那天很热，结束后我去对面的海马体咖啡厅买冷饮，没想到竟然遇到了你下属 Cici，她在咖啡厅里，对面就是狄森屏，于是我们三个就坐下来聊了一会儿。就是那天我认识的狄森屏。”

“明白。”竟然是 Cici……我有些意外，但大抵是事实，我记得那天晚上有一个不错的爵士演出，我又要加班比较晚，Cici 正好要去虫岛大厦见合作伙伴，所以我让 Cici 带票给狄森屏，这样他就可以先进去了，那天晚上的演出很精彩，但我们两个人都心不在焉。他们居然是这样认识的，我心里波澜四起，但还是佯装镇定。

“我真的不知道他是你男友，Cici也没有告诉我，当天我对他印象不错，于是互相留了联系方式。后来狄森屏有时会联系我，约我吃饭，但是很长一段时间，我是不知道你们两个人的关系的。后来他对我表白了，你知道的，我一直忙着工作，没有多少时间谈恋爱，之前遇到的几任也不是省油的灯，我就觉得，到了这个年龄，遇到一个不错的人不容易，所以我就答应了。直到后来我们一起出去旅行，他突然对我坦白他之前和你在一起，但是已经分手了，其实我对他这样不是很开心，我想他一定有脚踩两只船的阶段，但是我喜欢他的性格，总是知道我想要什么，也很能包容我的坏脾气，我很吃这套，所以我就接受了。那个时候公司正在酝酿裁员，我知道你在名单上，那样一个特殊的阶段我不知道怎么再跟你提这件事。所以，梨子，希望你能原谅我的自私，我以为你考虑的名义隐瞒了你。”

我沉默半晌：“没关系的，都是过去的事了，曾经因为裁员的事情我也对你有一点不太开心，如果当时你再说了这事我可要恨死你了，今天绝对不会打电话过来的。”

“梨子，关于裁员的事情也许你误会我了。我承认我这人做事六亲不认，可是这个事情真的与我无关。”

“那是……”

“是 Cici。我估计你也不会否认，很长一段时间，你上司尼克都对你另有企图，想和你搞利益绑定，但是你似乎除了好好干活对他没有回应，后来 Cici 主动上钩了。Cici 只比你晚来公司半年，可是却只能当你的下属，如果你不挪坑给她，那么她很难有升职的机会，可是你们部门不是一个重点部门，你的升职注定要慢一些，后来公司做裁员，尼克几乎是指定你进入裁员名单。”

“可是，我们一起走的啊，走的那天 Cici 还跟我哭来着。”对于林黛丝说出来的一切，我感到难以置信。

“就在你们走了三个月之后，公司组建了一个新的小部门，Cici 回来了，担任了这个部门的主管。”

我感到脊背发凉，过去的一幕幕在脑中翻动。原来这就是 Cici 后来对我不冷不热的原因，原以为是人走茶凉，却没想到是鸠占鹊巢。我心中刺痛，自己几年来无比信赖、一手提拔的下属，竟然对着自己来了这么一套金蝉脱壳：“我明白了。”

电话那头，林黛丝叹了口气：“梨子，我这个人总是被别人当恶人，但是我觉得，我的实力没有差到当一个真正的恶人。你真正需要提防的，是那些你从不设防的人。”

“不设防的人？”

“我父亲曾经对我说，相比那些自负的傻瓜，你更要小心那些藏在暗处的自卑之人，他们处处自我否定的背后，汹涌的是凌驾一切的渴望。如果我父亲当年没有相信那个唯他马首是瞻的叔叔，如今他会拥有更多。那些人看似放弃了自我意志奔赴于你，但在你把果子放进袋子的那一刻，他们时刻准备着把你的脑袋也放进去。”

面对林黛丝一番尖锐的忠告，我竟不知道该如何回应，一种对人性的绝望感让我深深的窒息：“所以……那……Cici 和尼克是做什么，是谈恋爱？”

“不可能，尼克怎么会看上 Cici？他只是不挑食罢了。Cici 也是表面老实，她那个男友已经和她在一起很多很多年了，她对外一直说自己是单身，其实根本不是。”

“你怎么知道她男友的事情的？”

“狄森屏告诉我的。”

“狄森屏？”我叹了口气，“谢谢黛丝，谢谢你告诉我这么多。时间不早了，好好准备明天的订婚仪式吧！”

“谢谢，婚礼你会来吗？”

“我很想去，不过不巧，那个时间我可能要出趟国。”

“好遗憾，不过到时候Cici和一些老同事都在，想必也会让你不舒服。”

“是，我不去，你们的婚礼会更完美，我会给你准备一份大礼，祝福你，黛丝！”

挂断电话，我在黑暗中静坐良久。邻居家飘出一遍又一遍的《天鹅湖》，似乎应景，又仿若嘲讽。新年的钟声即将敲响，我裹衣下楼，沿着街道一直走，走向热闹的虫岛之塔。城市的霓虹灯下飘起了彩色雪花，情侣三三两两拥抱接吻，密不可分，仿若一年的最后一天是世界末日般，用尽力气表达爱意。仰望高塔，我孑然一身。倒数钟声开始，倒数三下、倒数两下、倒数一下，空中升起烟花，烟花融化雪花，雪花融化泪花。

第四节

新的开年，拳馆的生意依然不错，但是由于做了很多品牌衍生品的开发，整个拳馆的工作量暴增。过去一个月，拉琪突然变得很忙，似乎有很多棘手的家事要做，拳馆几乎所有的事情都落在了我的肩上，不过她总是对我说：“你才是盖亚拳馆真正的担当，所以不要有顾虑，尽管一肩挑，我绝对支持你。”随着我越来越多地代表盖亚拳馆处理所有事物，无论外部还是内部，似乎越来越多的人开始把我当作盖亚拳馆的话事人，遇到事情都是优先来找我。偶尔我会觉得，拉琪更擅长表面造势以及斡旋那些难以处理的关系，在实际的运营层面我做得更多。随着更多的人认可我，我更加拼命地做好眼前这一切，与员工吃在一起、干在一起，即便是拉琪带过来的那些老人，也有不少人对我转变了看法，全心全意地信任我、支持我。

在工作的间隙，我会把自己关在办公室的隔间里，忘我地完成一个新蜡烛——林黛丝的结婚礼物：孕育丘比特的维纳斯。维纳斯拿着弓箭望向远方，丘比特的轮廓在腹中呼之欲出，即将迎来属于他的使命。相比以往那个孤勇的维纳斯，这次的维纳斯有更多的母性，因为在她的体内正在诞生一个新的生命。这个蜡烛除了造型复杂，更重要的是我在里面加了“海啸”，一种拉琪送给我的据说力大无比的催情精油。我想这种冲突的搭配一定有不俗的效果，不过拉琪说这种精油燃点很低，最好不要放在蜡烛里，但是我想除了这款精油，没有任何一款适合这个蜡烛，更何况，蜡烛本来就是用来点燃的，加这种精油让火焰浓烈，有锦上添花的功效。做蜡烛的过程中，我好几次都陷入了一种情欲的幻觉，拉琪说这并不算什么，它对女人的刺激只像是一阵阵海浪，对男人的刺激才是山呼海啸式的，难以想象，把它送给一对夫妻会带来什么。我更像是在制造一场没有定式的化学实验，很期待最终“嘣”的一下到底会产生什么。即将做到尾声的时候，我发现金色的颜料没有了，于是把弓箭改为了铅灰色，结果效果好得惊人，内敛肃穆的感觉犹如梦回古希腊。我端详着这个新作品满意极了，完全陷入对作品的爱慕之中，彻底忘了这是要送给前男友的新婚礼物。

为了防止香味逸散，我把它安置在真空箱里，放进柜子的深处。然而，就在我关上柜子的那一瞬间，指尖残余的“海啸”在我的大脑中掀起了一个久违的记忆：那是某一天下班的路上，我和狄森屏坐在前面。Cici 坐在后面。有一个瞬间，我发现 Cici 一直看着狄森屏，随着车的上下颠簸，Cici 轻轻地闭上了眼睛，身体一阵轻微的抽搐，那一刻，我以为她被车颠簸得不舒服，我对她说还好吗，她说还好。不知为什么，这个记忆困扰了我很久。

在忙忙碌碌中，时间走到 1 月中旬，拉琪终于有空见到我。

“我才知道林黛丝的未婚夫是狄森屏，你居然没告诉我。”

“都已经分手了，感觉没什么好说的了。”

“前两天一个饭局，我去的时候他俩都在，他看到我吓了一跳。”

“看来他真是对和我相关的一切避之不及啊。”

“好像有那么一点哦。”

“也能理解，谁都想改变命运。”

“是啊，虫岛早不是以前的虫岛了，现在有一份好工作不如有一个好岳父。”

“所以……还是你说得对，男人为了钱会变得足够敬业。以前我跟狄森屏说过林黛丝的暴脾气，他还说见了鬼才会找林黛丝这样的女人呢，现在才发现，我就是鬼本人啊。”

“哈哈，你倒是挺会自嘲。不过，这样的男人没了是你的福气。相比狄森屏，我倒是看着林黛丝有点感慨。”

“感慨什么？”

“小时候觉得，女人一旦有了钱，就可以为所欲为。可是看到林黛丝突然觉得，并不是这样。”

“所以？有比钱更大的力量？”

“嗯……很难讲。”

“如果有下辈子，你想做男人还是女人？”

“取决于生在什么阶层。”

“什么意思？”

“你看看社会底层的男人，一辈子活得跟蝼蚁一样，想捐精都没人要，这种人生有意思吗？我之所以有今天，是因为我是一个女人，我可以以男人为阶梯换取更上流的生活。”

“可是……你对粉丝可不是这么说的。”

“因为她们没有机会用男人为自己换生活，所以自然要告诉她们自立自强是最高贵的选择。”

“难道自立自强不是最高贵的选择吗？”拉琪的话让我有些愤怒。

拉琪并不理会：“梨子，你知道你为什么还站在中产的门槛上吗？”

这个不尊重我的问题我竟不知道该如何作答。

“我不会用别人告诉我的观念骗自己，在虫岛这么紧张的环境下，所有人都很拼命，所以拼命是拼不出结果的。改变命运要的是以小博大，如果你奋斗一生自己还是住在一个小格子里，这样的自立自强有什么意思？”

这话听得我血脉偾张：“我就是那种奋斗一生可能连小格子都没有的人，难道我的人生就不值得活吗？拉琪姐，难道你没想过，你拥有的这一切不过是一种女利主义罢了。”

“女利主义？我也在奋斗好吗？你们在乖乖上学的时候，我学着赚钱，你们在乖乖打工的时候，我学着开公司，你们在和傻小子你侬我侬的时候，我在揣摩比我大几十岁的人的心思。试问你，谁选择的路比较艰苦？”

面对她的理由，我竟然无话可说。

“如果你不能做出和别人同等的牺牲，就不要眼红别人的拥有，更没资格批判别人。”拉琪显然有些情绪激动。

“我不会眼红你的拥有，我也没资格批判你，我只是觉得……”我不知道该怎么说下去。

两个人陷入了沉默。

很快，拉琪打破冷场：“好啦，好姐妹为这种事情争执有什么意思呢？聊半天没用的，把今天的主题给忘了。”

“什么主题？”

“分红！分红就是今天的主题。”拉琪一脸神秘地看着我。

“现在还早，一整年再分也行。”

“不行，必须现在，你对我可太藏着掖着了，狄森屏这事儿我才知道，每天那么难受还得拼命工作，快一年了，也该休个假了。前段时间我一直没怎么管公司，最近我闲下来了，可以多帮你分担分担。千万不要推辞，20天的假期，找个海岛睡睡觉、晒晒太阳，好好放松一下。”

我点点头，最近确实很累，心想正好可以去佛岛找雅图他们。

“好啦！回家好好休息，我不会打扰你的。”拉琪轻轻地抱抱我，“注意查看账户哦！”

回到家中已经很晚，睡前一直在琢磨和拉琪聊天的那些疙瘩，那让我心里很不舒服，但是我太久没有好好睡过觉了，很快就进入了梦乡。梦里的我衣着光鲜亮丽，忙忙碌碌地筹备着第十家盖亚拳馆的开业。开业典礼热闹极了，整座虫岛大厦也被正式更名为盖亚大厦，现场汇聚了很多只在新闻里听到过的名流，我那么兴奋，但是拉琪却不在场。我四处寻觅她，可怎么也找不到。在场的所有人都告诉我，没关系，不用找她，这是一个真正的女性主义品牌，你在这里才是真正的代言人。我说不对，不是这样。我没有理会他们的说法，而是攀着盖亚大厦的楼梯，一层一层地找她，但是爬到了天台的时候依然没有看到她，我站在楼顶上，太阳变得很大，白色的光芒罩住了整个天空。我不断地喊着拉琪的名字，但是没有人应答。突然，我感到背后一阵刺痛，转身一看竟然是拉琪，一种强烈的钝痛布满了后背，我低头一看脚下全是血，拉琪冷漠地看着我，把我从天台上推了下去……

失重般的抽动惊醒了我，我喘着粗气心有余悸，一直恍惚刚才到底是现实还是梦境。我翻了个身，忽然发现手机屏幕一直闪烁，打开之后发现是一条100万岛币的到账短信。“拉琪打分红过来了，我在做梦……”额头的汗珠瞬间变凉，沉甸甸的数字把我拉回了现实。

虽然是半夜，可是再也睡不着了。我开始整理去佛岛的行李，突然发现还有一封邮件没有拆，上面全是污渍，已经看不太清楚是哪里寄出的，我撕开封口，发现是一本薄薄的册子。

《鱼岛旅行记》

作者：伊鸠

第五节

如果说 19 世纪和 20 世纪尚且有大量的人读游记，试图通过文字抵达笔者所处的辽远妙境，那么在 21 世纪，这已经不算是什么实惠的享受。人类拥有了网络，在网络上总是能看到世界各地的奇风异景，所有的神秘之地都已经被挖掘殆尽，已经很少有什么新奇观能引发世界范围的好奇。那些有思想、有见地的旅行作家也逐渐地被人们遗忘，人们不再需要通过想象抵达某个地方，我们不再需要动用大脑，只需要一双任何人都有的眼睛就可以足不出户地见证地球的任何风景，那些曾经被一代又一代人惊呼歌颂的伟大奇观早已变得不再新鲜了。

所以，我很难想象伊鸠会写出什么样的游记。不过上一次他寄来了一张明信片，上面是他冲浪的照片，海水连着天空，从蓝到紫到红。背面写道：

我们这里缺水平吊打、身材火辣的女教练：）

想到这件事，一阵失落感不禁再次浮上心头。如果人能始终活在自己的精神世界里，那我愿意当现实世界的叛徒，冲起浪来，我可以堂而皇之地做自己精神世界的皇帝，但是这种生活终归只发生在生活的缝隙，大多数时候配合现实才是我的主旋律。所以，在我的世界里，伊鸠是一个特别的存在。

伊鸠与虫岛人思考问题的方式完全不同，我甚至认为他根本不是虫岛人，虽然他有一张东方血统明显的面孔，但我始终怀疑伊鸠并不是他的真名。伊鸠的头发是深褐色的，卷曲着向两边发散，眼眶中是一对亚洲人的细长眼睛，不过瞳孔却是褐色。他的睫毛长得近乎荒诞，像是飓风中急着挣脱窗户的布帘，每眨一下，都会伴随着动人的颤动。高挺的鼻梁配合着他隆起的颧骨，整个人看起来有一种冷锐的深邃感。不过这一切在他笑的时候似乎又会被打破，他的牙齿洁白整齐，然而中间是亚洲人常见的楔形门齿，轻微的外展反倒散发出一种天真自在的气息。他像是一个原始人类与智人的完美结合体，他不像狄森屏——高瘦，架着一副眼镜，看起来洁白清冷如同一个精致的冰雕，仿佛人类文明过度进化的成果——伊鸠有着细窄的智人头颅和宽阔的额头，但是他体格健壮，并不像是被虫岛那些担惊受怕的妈妈们养大的，倒像是某个原始森林自己长出来的。

三年前的我沉迷于冲浪，而伊鸠是我的教练。跟随伊鸠的引领，我进步飞速，成为他最好的学生。但是除了冲浪之外，我们之间有太多不同，所以不时会陷入世界观的辩论。我像是一个尚且在选择命运的孩子，常常在自己的两种精神世界中摇摆不定，两者之间总有一扇说不清道不明的门。然而伊鸠不同，他始终对自己的生存方式充满了沉浸感，甚至从中滋生出一种令我颇为不适的洋洋自得，我第一次见到这种人：他并不以扮演某个社会角色为乐，更像是游离于世界之外的一个观察者；他并不为家人所牵绊，坦然地做一个逃离家族期许的背叛者；他重视自己的精神世界，他与精神世界之间并没有以物质世界作为必要的连接。

白天，伊鸠会在海滩做一个冲浪教练，而晚上则会在有演出的爵士酒吧担任钢琴手。伴随着海浪与黑白琴键的上下起伏，他始终生活在某种别具一格的韵律之中。

那时的我总在心里批判伊鸠这种全然为自我的特质，批判频频出现，以至于我甚至开始怀疑批判是不是嫉妒的一种。然而无论如何，冲浪是我喜欢的运动，总是让我从麻木的生活当中得以解脱。后来有一天，伊鸠突然从海滩上消失了，据说在离开的前一天，他和乐队演奏了一场《时间终结四重奏》。他曾经对我说，人类的时间又直又窄，人的命运局限又短暂，在人类之外一定有一种宇宙时间，它并不为人类的思维层级所能发现和理解，却用另一种秩序延续着宇宙。有人说他去了渡渡洋上的一座小岛，我不知道那是哪里，当时只是望着大海怅然若失，曾经的批判沉淀为遗憾与怀念。这些年来，我总会时不时地想起与伊鸠的最后一次聊天。

那是一个难得的、紫色的傍晚，我在海边见到伊鸠，他躺在海滩上，脸上盖着一顶亮晶晶的巴拿马草帽。

“如果能每天冲浪，那简直太幸福了。”

伊鸠不以为然：“只要你想，每天都可以冲浪。”

“可是工作才是人的天职，冲浪充其量只能算爱好罢了。”

“工作从来都不是人的天职，看看原始社会，吃饱了撑得发呆才是人的天职。”

“那你每天也会冲浪、弹琴，也在干你的工作啊。”

“我从不认为它们是工作，它们就是我的一部分，冲浪时，冲浪就是我本身。”

“我理解你说的感觉。但是对于我而言，目前的经济实力还不允许我有精神追求。”

“不允许？追求精神世界难道不是人活着的本质吗？”

“我记得飞翔的毛毛虫也说过类似的话，但我想你们都不是虫岛人。虫岛人只会觉得这样的想法很不现实。”

“人在当猴子的时候就已经可以活着了，活着没那么复杂。人之所以成为人，是因为人类有无限的精神世界。你看看那些高楼、那些大桥、那些眼花缭乱的衣服，哪一样不是人类意志的产物？人类对于物质的一切追逐都是为了满足精神，物质只是精神的载体罢了，精神早于物质，也超越物质。所以我会选择跨越物质，直接追求精神。”

“跨越物质直接追求精神？你学过马斯洛需求理论吗？你说的和这个理论相悖。人的追求是逐层向上的。你不能指望一个吃不饱穿不暖的人跟别人大谈艺术哲学。”

“谁规定了只能逐层向上？庄子一辈子筚路蓝缕，谁又能说他的精神遗产不可贵？那些追求物质的人早就死了，但他还活在历史中。一个人物质贫穷并不意味着他的精神不能走向丰富。我不认为对照马斯洛金字塔活着对人有什么好处，它让人心安理得地沉沦于当前的苟且，安然地接受精神世界的干瘪。不断地用物质填补精神的窟窿，就像一只一辈子打洞的蚯蚓，永远找不到光明与尽头。自我超越并不用那么复杂，它始终发生在人的精神世界里。”

“你说得对。可你有没有想过，谁又愿意做一辈子蚯蚓呢？如果没有钱，连蚯蚓都做不得啊，当音乐家、画家是很好，可是如果没有赞助人，又有几个人能有杰出成就，艺术家燃烧着生命展示着上帝的密码，最终却换不来几个铜板。”

“有人认为，做一辈子音乐也赚不到什么钱，为什么要做？可是我想问，对于一个真正爱音乐的人而言，有资格做一生的音乐，难道他得到的还不够多？大多数人穷尽一生也找不到自己精神上的珠穆朗玛，而你一开始就在那里，又有什么可抱怨的？你看看那些没有兴趣、没有热爱的人，他们多么可怜，他们与这大千世界唯一的连接就是生存。他们向外看，什么也不爱；向内看，什么也没有，终其一生只不过是疲于奔命，喂养这副肉做的壳子罢了。”

“可是我们毕竟不是一个人活着，我们活在世界上，总是背负着家人的期待、周围人的眼光，那些社会精英总是通过自己的努力向人们证明一些东西，这样才会成为整个社会的楷模，难道你的家人并不希望你这样吗？”

“在我看来，所谓精英不过是主流价值观当中的投机主义者而已，社会认可什么他们就追求什么，社会鄙夷什么他们就抛弃什么。至于那些因为被雇用而自认为体面的人，得到的仅仅是虚荣罢了，绝不是尊严。从小到大，我看尽了用尊严换虚荣的事。”

“伊鸠少爷，我觉得你在批判我，几乎全面否定了我努力的全部意义。”

“不，我只是在表达我的观点，这世界的对错好坏有时候很清晰，不过很无奈，大多数人只能在将错就错中过一生。可我很幸运，我有选择好与对的资格。我出生在一个衣食无忧的家庭，有兄长替我完成家族使命，我为什么不抓住这少有的机会用短暂的生命丈量这个世界，我为什么要按照他们的意愿做事，只为了家庭责任几个字？要知道，他们让我出生并未经过我的允许，那出生后我又为何要承担他们赋予的责任？我只需要承担我生而为人的责任，而这责任就是像我现在这样活。”

“可是人与人不一样，你生来就有任意门。可对于我来说，我精神中有两个世界，即便否定了其中一个世界，我也没有机会进入另一个。所以，对于我这样的普通人来说，听从父母的，延续他们对生活的看法，已经是无限辛苦的人生当中最省力的活法了。”

伊鸠看着海面，沉默了一会儿：“有的人过上想要的人生，有赖于父母的支持；有的人过上想要的人生，有赖于与父母的抗争。”

“所以我很不幸，既没有支持也没有抗争，而你很幸运，对吗？”

“也许吧，如果你想这么认为的话。不过，也许是因为我早就看到了世界的真相，我觉得这才是父母带给我的最有价值的东西。”

“世界的真相？”

“这世界分为表面上看到的和真实运行的。他们有社会地位，受人尊重。但是私下里，他们离经叛道，并不是一对正常的夫妻。他们习惯于做这样的双面人，一方面用循规蹈矩的样子扮演社会精英，给他人以激励与规训；另一方面用为他人所不知的方式僭越所有世俗规则。他们从不相信那些规则，但是他们鼓励社会上其他人相信那些规则。”

我对他所说的真相很震惊：“这难道不是一种虚伪吗？”

“是吗？我曾经问过他们为什么这么虚伪，他们说这并不是虚伪，而是一种善良。”伊鸠看着我，肯定地重复，“是善良，你知道吗？是善良！大多数人只能拥有少量的选择，并且必须被观念长期规训，否则他们就会无所适从，随时被魔鬼带走，进而毁了自己。他们认为自由从来不是什么好东西，落在错的人手里只会让他们下地狱。”

我从未听过有人说出过这样的话，愣在那里久久不能平复。

“你也是这么想的吗？”我问。

“我怎么想不重要，我看到的是这样。”

“看来……我们只不过表面上都是人类罢了。”

伊鸠没有说话，盯着远方的夕阳好一阵子。

“我走了，你要坚持练习冲浪！”

“嗯。”

“放松……你知道吗，你不懂得放松。”

“但愿我能学会放松。”

“放松不需要学，只需要忘记。”

我没有说话，只是看着头顶的天空。

“因纽特人的眼里有十几种雪，而我们的眼里只有一种，可是我们的眼睛和他们的是一样的。其实这个世界很大，远比我们看到的大，也许有一天你可以换一个地方、换一个视角看待这个世界。”

“但愿有那一天，恐怕那一天我已经是个老太太了吧。”

“教你一句意大利语吧：Dolce Far Niente，意思是无所事事的快乐。虫岛没有这样的词，所以你们不会想，原来无所事事也可以快乐。如果你感到压力，不妨想想这个词。”

“还有这样的概念……”

“就这样，躺在这里，像原始人一样，什么也不想，看着你最喜欢的一朵云，涌动、纠缠、消失……体会‘Dolce Far Niente’。”

就这样，我们躺在沙滩上，看着各自的云朵直到晚上，硕大的满月化开云层，万物生出长长的影子，月亮发疯一般燃烧着，像是给海里泻满了水银。我们彼此沉默着，而那沉默，是如此响亮。

第六节

漫长的回忆之后，我的眼睛停留在眼前的这个小册子上。

我打开扉页，发现上面有四行小字：

月圆之夜
月神吐纳芳踪
乌浪行船
自由人登岛毗邻

伊鸠居然会写诗？虽然我对现代人的游记完全不抱希望，但伊鸠写的我还是决定细细品读，然而事实证明，我彻底迷上了他笔下的世界。

伊鸠离开虫岛之后，去了一个叫鱼岛的地方。

他在小册子里这样写道：

开往鱼岛的船并不经常发出，而且船长会对想要登船的人做认真的筛选，那些并不热爱自然主义生活方式的人将会在面试中被剔除，余下合格的人才能如期登船。这条航线与一般的航线不同，一是耗时良久，很考验船客的耐心；二是它会经过一个磁场失灵的位置，每一个到达那个位置的人都会进入一种濒死体验。在濒死体验当中，你先是如同灵魂一样，悬浮在自己的身体上，悬浮在大海上，然后你会穿越一个发着光的隧道幻境，完全进入另一个世界。那里没有时间的存在，各种颜色的光圈会在你身边飘浮，你不再有对自己的实体感受，而是觉得自己好像海里的一个气泡，全身轻盈，肆意飞舞，你会与其他气泡相撞，但你并不会破碎，而是与它们相融，你甚至会看到自己在人类世界不曾有能力看到的颜色，以及你曾经死去的亲人朋友，你可以与他们进行未尽的对话。可能你的肉体仅仅进入濒死体验几秒钟，可是在那几秒钟里，在另一个世界，你进入了一个没有时间限制的恒久海洋。在你离开幻境的瞬间，你会看得到鱼岛的方向，很快，你发现船驶向鱼岛，你的身体也恢复了正常。但是在你的灵魂回归肉体的那一刻，你会全然觉得自己再也回不去了，这并不是一种物理距离上的回不去，而是一种精神层面的回不去。当你知道人死后是什么样，你会变得不再惧怕死亡，而你活着时的那些恐惧也会随之消失，你的体内会萌发一种超越生死的人生观念，你会对生命产生永恒的耐心，你对于时间不再是单向度的认知，觉得人只能从生到死、从前向后，而是进入了一种永恒向度，你会以这样的心态踏上鱼岛，过上一种全新的生活。

在鱼岛上，人并没有那么多，但是无一例外地，所有人都充满了对生命的勇气与耐心，他们在自己曾经的世界里，可能是一个商人、一个作家、一个卡车司机，但这些在那里都不重要，重要的是他们试图做一个自然状态下的人，是一个纯粹的自由人，而不是商业社会当中的某些身份、社会规则当中的某些角色、集体协作当中的某种工具。如此说来，这个岛屿被叫作鱼岛显然也非常恰当，每个人都像鱼一样，自由自在地处在生命的流动当中。

什么叫作永恒向度？这样的状态当中到底有时间吗？时间是静止的，还是双向的，或者是离散的？这种世界真的存在吗？如果这种世界真的存在，我们日常生活当中的时间又算什么？我看着他的描述，脑子里不断冒出问题，我在想，如果是我，进入了濒死体验的那几秒钟，我到底想见谁，到底想做什么。或者说假如濒死体验如此美好，我真的会选择回到自己的肉体吗？如果我选择不回来，是不是会被世人认为我已经死了？一个又一个关于生命和时间的疑问困扰着我。

除了濒死体验对我的震撼，他对于鱼岛风景的描写也让我十分着迷：

这里浓墨重彩，仿若一个绿色与姜黄交织着的甜甜圈，大片的桃红色果仁点缀其上，在浓烈的阳光下熠熠发光。如果你是上帝，你能从宇宙中清晰地看到它，一定会把它做成宝石戒指送给自己心爱的人。每种东西的颜色都比其他地方浓烈一号。蓝更蓝，绿更绿，黄更黄，人们大多因为疏于防晒，身体被晒成天然的蜜色。这种饱满的颜色衬得他们的牙齿更白，笑起来比其他地方的人更为迷人。走在岛上，这里散发着浓重的果香、草木香、烤熟的面粉味道，偶尔会有海腥味和动物的粪便味，可是这味道似乎也并不怎么令人厌恼，倒是像自家刚出生的小朋友开出的可爱玩笑。一切都是天然，一切都理所当然。

到底什么样的地方才会蓝更蓝、绿更绿、黄更黄？习惯了冰冷虫岛的我，会觉得这样的颜色灼眼睛吗？这种风景像是嗑了药的人在幻觉中才会出现的画面，他真的去了这个地方，还是这只是他一厢情愿的幻想？

有一位与我同去的走入暮年的音乐家。他年少成名，人们以之为神，然而他选择了与我们共同踏上鱼岛的旅程。他在年老之后，不再创作那些取悦大众的作品，而是醉心于收集这世界上所有的声音，然后做成最接近大自然的音乐，人们批判他，说他老了，创造力消弭了。可是他并不在乎，他放弃了自己曾经的一切来到鱼岛，为的是逃离文明的喧嚣，进一步靠近声音的密码。他用音乐与自然对谈，忘我地沉浸其中。那些音乐与我们在世俗社会听到的不同，由于商业的必然追求，世俗社会当中的音乐总是让听众们以最快的速度沉醉其中，陷入早已被设计好的自我感动，像是一种包裹了艺术外皮的情绪专制。而这里的音乐是毫无心机与盘算的，涵纳了无数种大自然的声音。他告诉我，只要我没有分别心，就会知道每种声音都是那么平等，都是那么轻快而广阔，他们是声音也不是声音，只不过以人类能感知到的形式让我们靠近宇宙的秘密。我很喜欢他在鱼岛的作品，每一句诉说都是一种自然天成的生命的流淌，你会觉得自己是其中任何一段乐谱，你会自由自在地流动于其中，如同与这个世界共享一个恒久存在的秘密。

这到底是一种什么样的音乐？我想破脑袋也想不出它的模样。

在这里，我每天做的事情就是冲浪，这里几乎是全世界冲浪最好的地方。一开始，蓝绿色的大海和粉色的沙滩几乎让我感到眩晕，难以区分现实与梦境。后来我渐渐习惯，逐渐体会出这种颜色的浪漫。我常常和伙伴们在海上度过一整个白天，然后晚上一起饮酒、玩音乐。我们对于生活没有太多的要求，岛上天然的一切已经非常足够。偶尔有人穿行于鱼岛与其他岛屿之间，但这一切并不会打扰鱼岛特有的静谧，它作为一种秘密存在于这个世界上，而岛上的人因为这个秘密，得以保全一种原始的人生。在这里，人们不再追求更聪明、更厉害、更富有，而是能够把自己的灵魂与肉体分离看待，肉体作为灵魂的寄居物，不再主导我们的灵魂。我们的灵魂享受永恒，不再需要为终究腐朽的肉体去辛劳一生。在这里，灵魂可以很大，也可以很小，它就像是融入大海的一滴水，所以我们会时而觉得自己存在，时而又觉得自己不存在，但我们永远不会干涸。

这样的生活不就是我曾经梦寐以求的吗？做一个自由的人，而不是为了外部需求而存在的不同角色的组合体。在鱼岛上，人可以回归为人；而在虫岛，人早已异化为围着金钱起舞的工具人……可是，难道进步不应当是人类的信仰吗？如果人们不比较、不竞争，那这样的地方真的值得待吗？这难道不是一种对世俗社会的逃避吗？如果人们生活在这样的地方，真的会感到幸福吗？太多的疑问困扰着我。我心里不禁敬佩伊鸠的勇气，经过这样一番触动，一个人还能适应虫岛吗？如果他有朝一日回到虫岛，伴随着他的会不会是无尽的不满与回忆呢？还是说我想的这一切都是错的，而他的生活才是对的？我们虫岛人的汲汲营营不过是自欺欺人的枷锁？想到这一点的时候，我突然打了一个寒战。

第七节

我反复翻看这本册子，心情久久不能平复，我试图用伊鸠的方式理解他笔下的世界，但是我没有他的视角，所以终究不能真正理解。在人类的世界里，几乎一切都是围绕着时间进行运转的，如果没有时间，那些依循时间推进的目标、优胜、情感，似乎一切都不再重要，那人又怎么来证明自己活着呢？胡思乱想之中，天很快亮了，一杯咖啡匆匆下肚惹得胃中酸热，我一身振奋地奔向虫岛大厦。

踏上佛岛，岛上的梅花竟然已经开了，一路暗香习习，沁人心脾。突然，我看到一只虎斑德文在死命地爬树，爬了又掉，掉了又爬，我走过去想要帮帮它，结果一抬头发现这是好大一棵树，树上全是猫，如同果子般长在各个枝丫上，一只老年缅因猫痛哭流涕，其他猫的表情全都凝重肃穆，唯有一只暹罗在树洞里偷偷探出头来贼头贼脑。突然，我的肩膀一记重击，一只猫落在我面前。

“马可！你怎么在这里？”

“我们在这里开会。”

“开什么会？”

“猫咪的快乐晚年。”

“噗……猫咪的快乐晚年？”我差点笑出声来。

“我们想向佛岛的养猫人普及安乐死的观念。承受痛苦又没法死去是很多家猫的困扰，对于我们猫咪来说，猫生的意义就是吃好玩好睡好，一旦丧失这三项功能，意味着生不如死。假如在自然界中，我们会找一个地方偷偷死去，可是在人类家里，人类会因为无法接受与猫咪的分离强行延长我们的生命……其实是延长我们的痛苦。”

忽然，树叶沙沙抖动，树上的猫四散开来。马可爬到我的肩膀上：“我们走吧，会议结束了。”

“真巧，我昨天还在想人生的意义。”

“是吗？人总是把活着想得太复杂。”

“可是……我是说如果……死了不是真的死，而是去另一个世界，怎么办？”

“猫咪只想现在不想未来，那不是我们关注的问题。”

“我听说有一个地方叫鱼岛，那里没有未来。”

“没有未来？哈哈，这难道不是你最怕的事吗？”

“是哦。”我意识到确实如此。

“没关系，你会经历那些你最怕的事。”

“不，我不想。这半年好不容易有点人生得意，我可不想经历什么狗血的事让一切灰飞烟灭。”

“有时候只是一扇门而已。”马可抬头看着天空，若有所思地说道。

我们很快到了雅图的客厅，雅图正对着窗户冥想，看到我们回来了非常高兴。

“佛先生，我们刚才在讨论人生的意义。”我笑着和雅图问好。

“喔？那你觉得，人生的意义是什么？”

“昨天看了一个朋友的故事，我突然觉得，人活着不存在意义这回事，意义只是人创造的一种安慰剂。如果没有它，人们就会意识到人生的荒芜、荒诞以及平白无故要承受很多的痛苦，这是人无法忍受的。但是有了意义这个箩筐，人就可以把自己承受的一切都往里面放，逃脱那种虚无的恐惧，带给自己安全感。”

“喔……你这个想法出乎我的意料。”

“可是这个念头从脑子里一冒出来我就感到害怕，我害怕这种想法会影响我，让我开始轻视眼前的一切。”

“你多虑了，这世界上总有一些人明白活着没有意义，但他们依然快乐地活着。”

“我的朋友伊鸠就是这样，可我毕竟不是他。”

“他经历了什么？”

我把伊鸠的事情向雅图和盘托出。

“坦率说来，我羡慕他，可是每当这种羡慕之情从心中涌出，总是会伴随着很多不安。”

“你担心什么？”

“他写的东西像是迷人的毒蘑菇，让我整夜都陷入不切实际的空想。可现在有很多人认可我、喜爱我，我已经不是一无所有的我，我有一个让所有人羡慕的未来，没有什么理由让我放弃这一切……可他描述的生活像是一种原始的诱惑，我像是早已将自己的热情放在那里，我怕我陷入癫狂，沉迷于此，只要现在不顾未来。”

“所以在你的世界里，最重要的是未来？”

“当然，人最在意的就是自己的归宿。如果一个人年轻的时候四处冒险活得非常精彩，可老了却是贫病交加的结局，所有人都会为他唏嘘。有谁愿意经历一辈子的精彩，最后却迎来无常呢？”

“那这么多年来，这种执着于未来的生活让你满意吗？”

“坦率说来，我的快乐并不多，更多的时候是一种患得患失的感受，因为我生怕做错了什么就影响了我的未来。”

“我们听首歌吧。”雅图笑了笑，拿起一张唱片放在唱片机上，接着，小号声悠扬，钢琴声鲜亮，沧桑粗粝的男音应声而出，伴随着唱片机特有的沙沙声，音乐显得格外迷人。我先是耳朵沉浸其中，然后是全身心地浸入其中，真是迷人极了。音乐临近结尾我依然意犹未尽，没料到的是，突然“咔”的一声，声音开始卡顿跳跃，唱片机嗞嗞作响。

“怎么会这样！”我感到氛围全被打破了。

“怎样？”雅图看着我。

“这音乐让我入了迷，可是一断掉感觉全毁了！”

“那……前面的音乐不美妙？”

“当然美妙，可是后面的……太可惜了……”

“后面的音乐嗞嗞作响，会影响前面的美妙吗？”

“当然不会。”

“那你已经听到美妙的音乐了，为什么没有因此感到快乐呢？”

“是一种不完整的感觉，那种感觉甚至比我没有听到它更糟。”

“那我们换个角度，如果唱片的开头是卡顿的，后面非常顺畅优美，你会觉得比这种情况更糟吗？”

“一定不会，后面的音乐好起来，会让我觉得舒服很多。”

“两张唱片，它们美妙的份额与痛苦的份额是一致的，只不过有前后差别，你的体验为什么会差距这么大呢？”

这……我也说不清楚，可能随着时间推进，人的预期发生了变化？

雅图点点头：“时间，人总是以时间为轴线来理解人生的，所以未来成为人们一生中最在意的命题。比起整个人生，人们更在意人生的结局。”

“是的。人并不会像看待营养成分一样去分析一生中幸福和不幸各占多少，而是会把更多的眼光放在后半生。我和周围的人都觉得这样想才算是一种长远眼光，但是每当看到伊鸠，他身上所发生的一切又会让我怀疑，我会怀疑我追求的目标是不是真的有意义，如果毕生都为此而挣扎，是不是反而会错过那些人生中最重要的东西？”

“很好的问题……其实人都有两个自我，记忆自我和体验自我。人们常常会在两者之间挣扎。”

“这两种自我有什么不同呢？”

“比如旅行的时候，你会发现人们总是热衷于拍照、合影，在留住记忆上花的精力甚至超过享受环境本身。因为在人们的思想中，总会把难忘的事定义为有意义的。所以，留住记忆是人类堆砌人生意义的一种方式。我们作为人生电影的唯一主角，会沿着时间的轨迹将记忆编织成自己的人生故事，那么自然希望这个故事有一个完美的结局，这就是记忆自我。至于体验自我呢，”雅图看着窗外，“就是现在，稍纵即逝的现在。”

“所以，从这个角度来说，伊鸠更在意体验自我？”

“如果在他的心里体验更有意义，那过程就是结果本身。”

“即便人生的结局并不那么美好，他也会去体验吗？”

“可能他的人生就是让热爱发生，而并不是某些具体的结果；就像喜欢飞的人知道自己会死于飞翔，但还是会去飞。他的人生不能用对错去评判，他选择了属于自己的生命艺术。”

“他已经知道自己想要怎么活，可我还不确定。这半年多以来，我越来越拼命工作，工作一旦停摆我就会空虚甚至慌张，像是得了某种成就感的成瘾症，那些成就刺激着我、鞭策着我向前，我甚至生出一种雄心想要征服更多的人。可是当我对伊鸠写的东西看了又看，又会忍不住自问，我既然这么想要那种成功，我又为什么会羡慕他呢？我有些看不清自己了，我不知自己执迷的到底是一种贪欲还是一种热情。”

“你想过死亡的问题吗？”

“从来没有。死亡像一个黑洞，每当我想正视它就会觉得恐惧。”

“当你思考过死亡的问题，就会重新看待人生，只有站在人生的终点，你才会发现什么最重要。”

“可是，我该怎么思考一件从没有体验过的事呢？”

“我的经验是你可以假设自己站在人生的终点，尝试用一句话总结自己的一生。”

“一句话总结一生？人生那么长，真的可以用一句话讲清楚吗？”

“当然不可能，可是墓碑不到一平方米大，只能写一句话。”

“这太难了，恐怕需要凝聚毕生的精华。”

“当然，思考这句话的过程很难，但如果你找到了这句话，你会发现它力大无穷，它会扫平限制你的一切心理障碍，让你变得专注而勇敢。”

“我会尝试去想，但……一时半会儿可能很难有结论。”

“这并不是一个一劳永逸的思考，它更像是一种帮助你思考人生的模型。可能每个阶段这句话都会变，但更重要的是每思考一次这个问题，都会让你从人生的全貌看待人生，让年轻的你不会怕，让年老的你不会悔。”

“哈哈，如果是三年前的我，我可能很想在上面写一些吹嘘之词，赞美自己的成就。”

“要真诚，试想，它会伴随你死后所有的时光，也会替你与路过的人们交流。”雅图看了看窗外笑了，“梨子小姐，我要去海上了，去享受我的体验自我。”

说罢，雅图离开了。

第八节

日期：1 月 24 日

讣告练习给了我很大的启发，如果我只能在墓碑上写下一句话，我应该写些什么呢？这几天在雅图的图书馆翻遍了书，似乎也没有找到一句话可以替我表达人生。这样一句话，应当是自己对圆满人生的理解、对灵魂深处的剖白；是万水千山后刻在身上的唯一真理，是坦荡荡面对死亡时的简洁交代。这超出了我单薄的人生体验，让我突然间觉得那些轻易能一语道破人世苦乐的妙人必然在心中经过了唐僧取经般的劫难。

关于未来，我知道得不多，我只是清晰过去，我只知道站在那几段年龄的边上，我最想写的是什么。

如果是 10 岁的我，我会写：她得到了很多很多的爱，幸福地度过了一生。

如果是20岁的我，我会写：她的成就没有辜负她的实力，她的拥有没有辜负她的梦想。

如果是现在的我，我可能会写：她，按照自己的意愿，过尽一生。

如此说来，人确实永远在变，人生总是重新被定义、重新被总结。人生是无数个瞬间的黏合体，人生又是瞬间本身，人生是我们正在忽略的正在发生。

现在的这句话我还会再改它吗？我不知道。

第六章
傲慢的代价

第一节

在佛岛度过了10天的假期后，我决定提前回虫岛。和雅图告别后，与马可奔向回虫岛的电梯。

走到电梯口，马可突然显得忧虑，开始来回蹭我的腿："冒呜！真的要回虫岛吗？那儿的人没法保护自己的美德。"

我笑着抱起马可："佛岛我也留不下啊。美德是需要保护的吗？有美德的人自然会有。"

"我只是从你身上嗅到了一丝气息。"

"哈哈，什么气息，小鱼干的气息？"

“死亡的气息。”马可的瞳孔突然变了，变成一根极细的线。

“你可不要吓我，最近有新的联赛，我可不希望有选手死在我们的拳台上。”

“记住：无论发生什么，都无条件接受。”

“你这么严肃干吗？”我摸了摸马可的脑袋，觉得它很奇怪。这时电梯门开了，我走了进去。“我会谨慎的，无论发生什么，我都无条件接受！”看着表情凝重的马可，我笑着与它作别。

从虫岛大厦的电梯里出来，就听到外面雷声大作，黑色天空不断地抛着大雨，我开着车堵了很久才到家。回家后看到一位合作伙伴几天前发来的讯息：“你这两天不在？”

我回复：“在外面度假，刚回来。”

对方回复：“看到新闻了，恭喜盖亚！”

恭喜？我突然觉得这祝福来得有点奇怪：“为什么要恭喜？”我打开检索软件，搜盖亚拳馆，才发现盖亚拳馆被 ZQ 体育集团战略投资了。不是说这事还需要等一个阶段吗，怎么这么快就宣布了？我内心充满疑惑，本想问拉琪到底是什么情况，但我有种奇怪的感觉，心想不如第二天当面再聊。

翌日，我起了个大早直奔拉琪办公室，可是敲门无人回应。我有些着急，推开门才发现隐形门虚掩着。我径直走了进去，发现拉琪站在里面。

“拉琪姐，咱们被ZQ体育集团战略投资了？”

拉琪一反常态，并没有看我，只是拿着手里的东西喂着那只叫秘密的小白鼠：“是啊，看到新闻啦？这两天你不在，还没来得及跟你说。”

“早上有一条新闻披露了我们的股权结构，是真的吗？

“问题不大。”

“里面没有我？”

“嗯。”拉琪的语气很平静。

我被拉琪的回应惊到，怔在那里不知说什么好。

拉琪没有理会我的状态，用手指摸着小白鼠：“看，感觉秘密命不久矣……”

“拉琪姐，这半年多以来公司的成绩你也看到了，我清清楚楚地记得你当时在这里对我做的许诺，你忘记了吗？”

“我不记得对你许诺了什么，我许诺向来都是白纸黑字。”

“口头上的许诺难道就不算许诺吗？”

“算吗？”拉琪转过头来，眼神像两根冰冷的针。

“拉琪姐，我们是从小一起长大的朋友，这次你也是我的贵人。我一直都那么信任你！”

“是啊，所以盖亚一直都需要你。”

“可你这么做是什么意思？”

“公司未来需要发展、壮大，已经在做多元化，所以股权结构要简单，要为未来的发展保留空间。”拉琪冷静地看着我，语气是那么“官方”，“官方”到让我觉得今天是第一次认识她。

“可是你这样做根本没有提前让我知晓。”

“事情太突然了，我也联系不到你，你这么晚回来我也没办法。”

“简直荒谬！你根本就没有联系过我！”

拉琪平静地看着我，并不反驳。

“你这是出尔反尔，你对得起自己的良心吗？”

“良心是谁？作为创始人，我只需要对得住公司的发展。我给了你参与的机会，给了你比在大公司更多的钱，让你出了名，这就是我的良心！”

那晚梦中的感受再次出现，我只觉得心脏拼命颤动，背部隐隐作痛：“拉琪姐，能不能告诉我，我到底做错了什么，你要用这样的手段对待我？”

“我？你错了，大家都看得到，我什么也没做，你还是盖亚的管理合伙人。”

“可是你言而无信，枉我这些年对你的信任。”

“它一生都很信任我。”拉琪平静地看着那只小白鼠，小白鼠突然开始疯狂抽搐，很快，它便四脚朝天僵在那里，“你说，它除了见过你我，从来没有见过任何人，在其他人的世界里，它是不是从来没有存在过？”

看着如此残忍的场面，我全身战栗，难以相信自己曾经信任一个如此残酷的人。过去那些关于拉琪的流言再一次涌进了我的脑海，让我觉得此刻的自己异常荒诞："怪不得，他们都说你从来都把别人当工具人，用过就当垃圾。我一直以为我会不同，我们从小一起挨饿，一起长大，一起分享所有的秘密，我以为你那些恶意只是用来对抗这个世界，可没想到我真是太高估自己了。"

"嗬，他们？所以呢，所谓的他们得到了什么？"

"是……他们得到了什么……"我苦笑着，一种无力感爬满了心头，"这个世界真是荒谬，那些自以为正义的人从来都是一无所有。"

拉琪轻蹙眉头，叹了口气："梨子，我没有做错什么，世界本来就是这样。"

"对，你没错，是我错了，不是我看错了你，而是我看错了这个世界。"想到一份几十年的友谊就此崩裂，眼泪还是忍不住下落。

拉琪若无其事地走到我面前，抬起手将我的碎发拢在耳后："回去好好想想吧！合伙人的名头还是你的，办公室也是你的，待遇好说，一切都没变。"她拍了拍我的肩膀，凝视着我："梨子，你还太年轻，还不知道傲慢的成本。"

第二节

踏出公司的那一刻如同梦魇惊醒，感觉上一个梦还在云端畅游，下一个梦却将你打回原形。你想要逃出这可怕的一切，却猛然发现这梦是现实的一部分。

公司楼下依然车水马龙，熙熙攘攘一如往常，但我知道属于我的故事已经结束了。和拉琪约定的时候并没有签合同，打给她的钱也已经被打了回来。没有任何证据证明，我是一个应当拥有股份的股东。所谓的承诺就像那只小白鼠，早已死在了不为人知的地方。

几天之后，我并不持股的事情传开了，与拉琪之间的矛盾也成为圈子里的最新八卦。刚开始有很多人来我的社交账号问我到底怎么回事，但没过多久，流言已经成了他们期待的答案：有人说我表面上是个老板，不过是被骗来打工的；有人说我本就是一个员工，不过是因为虚荣，所以总是站在前台；更严重的则是一些子虚乌有的阴谋论，拉琪的粉丝把我描述成了一个贪权的小人，煞有其事地描述我是如何借助拉琪一步步抬升身份，想要取而代之的。各种流言漫天飞舞，对于我这么一个再也没有利用价值的人，没有人愿意站出来说句真话。偶尔有粉丝为我发声，但基本都会被别人嘲讽；有些选择了默默取关，重新回归路人；有些则直接倒戈，成为反对派的一员。曾经让我兴奋又眷恋的名气180度转身，成为潮水般的反噬力量，当时有多少虚荣，如今就有多少伤痛。

为了不让随时冒出的流言折磨心智，我开始屏蔽一切关于盖亚拳馆的信息，不想在一条又一条的流言中将自己压垮。周遭很快变得冷清下来，那些平日里称我为朋友的人一个个消失了。Niki撤掉了以我为专访主体的宣传视频，再也没有邀请我去她的美容院；Amanda也不再邀我参加她的下午茶，再一次看到她，她已经与拉琪以姐妹相称，出现在知名主持人的谈话节目里。公司里那些过去认可我、向着我的同事们也早早与我拉开了距离。在这样一个集体性慕强的地方，你的成功富有是别人关注你的唯一理由，一旦命运开始走下坡路，再多的人气都好像暴雨后的泥石流。

日期：2月13日

回翻28岁的日记，那时的我如同一个懦弱的小丑。原以为这一年一切都变了，却发现一切都没变。就好像活在井底的人看着顶上的光爬啊爬，自以为属于上面的世界了，可没想到上面的人轻轻落下盖子，一切都被打回了原形。

29岁来得很安静，在安静中目睹着一切崩塌。这些天来，这一年的成长、成就、挣扎、虚荣、自大……每个时空中的我不断在脑中流动变换。还记得离开佛岛时，马可是那样郑重地看着我，让我无条件接受一切，我答应得是那么不以为意，以为大好前程永远在我面前驻足，然而世事无常，一年间从一无所有又一次走到了一无所有。还记得我曾对雅图说："我不恨自己没拥有，只恨拥有的被拿走。"谁能想到命运的际遇真是嘲讽的轮回，相似的事只会一次又一次挑战你的心智。只不过这一次不比过往，像是我亲手给自己造了一片海市蜃楼，自不量力地徜徉其中，而后眼看着楼塌了。

马可啊马可，接受这一切谈何容易，我像是用尽全身力气去消化一个庞然大物，它沉重、阴暗，又无法改变。我渴望它快速消弭，可就像是草蛇吞象，它不仅没有消弭，反而耗尽了我半条性命。

第三节

没过几天，母亲的生日也到了。我想她早已知道我在盖亚发生的事，她终于可以理直气壮地跟我说她的预言是多么准确，我当时的决定是多么愚蠢。

为了替她庆祝生日，我还是强打精神出门，买了一款名牌包包准备给她庆生。一路上有虫岛难得的晴天，阳光像宝剑一样安插在高楼大厦的缝隙里，我却丝毫感受不到温暖。

母亲虽然是一个教师，但向来对名牌十分偏爱，让她一生执迷而困扰的问题就是体面，自己做什么样的工作、有没有完整的家庭、孩子的成绩如何、工作是不是有面子，这一切都关乎她的体面。在她看来，体面维护了她作为一个人的完整性。如果其中任何一项展示出不确定性，她立刻会恢复歇斯底里的本性，所以从小到大，我都用所谓确定的优秀去兑换不确定的母爱。然而，满足期望的旅途注定疲惫不堪。长大后我才渐渐明白，对有些父母而言，他们并非由衷为孩子的进步感到开心，他们真正渴望的，是用孩子的成就给自己贴金。车即将开到目的地的时候，母亲的电话打了进来，她似乎完全忘记了今天是自己的生日，听起来异常兴奋。她高兴地告诉我房子卖出去了，虽然经济下行，但依然卖出了不错的价格，而我需要在一个月内搬出去。虽然从外婆去世起，我已经与这间房子告别了许久，可听到这个消息，我依然有一种被抛弃的痛楚。我索性调转车头飙向黑鲨滩，决定什么也不想，把自己扔进海里。

第四节

日期：2 月 21 日

来黑鲨滩快一周了，我试图在海上逃离那些是是非非，但是依然像是得了某种强迫症，那些痛苦的事情无时无刻不在脑中循环往复，不知道这样的日子什么时候会结束。

我还记得马可曾对我说，人一旦发现前方不确定就会恐惧，随便抓住什么当救命稻草，可如今的我似乎不再有什么救命稻草了。拥有的一切一步步湮灭在眼前，生命再一次变成了一张白纸，而覆盖其上的是无穷无尽的虚空与未知，看不到、摸不着却又分量千斤，漫无边际地将我压迫，让我无力逃脱。

今天又是一个可以去佛岛的日子，但是在踩油门的瞬间我又决定留下来。我不知道这是一种放弃还是一种逞强。过去的一年，每次遇到难题我都会奔向佛岛，那里像救世主、像安乐窝，也像是某种逃避伤害的藏身之所。因为雅图与马可的存在，我无须做出努力就能得到宝贵的智慧，他们将我点醒、给我力量，让我在纷扰的世俗中找到方向，可即便如此又如何呢？谁又能帮我逃脱我必将面对的人生呢？

“每个人的一生都是在走自己的剧本，所以我们只能把自己当作问题，把自己当作答案。”

第五节

新的一天与旧的一天同时来临。

我依然在海上，依然试图用筋疲力尽来忘却一切，可令人绝望的是心魔依旧。那些热闹的成就，拉琪冰冷的眼神，四脚朝天的白鼠，预言式的梦境，依然反反复复地在我脑中翻飞。连续多日的消耗让我体力所剩无几，渐渐地，我感到脑袋变得沉重，心跳越来越快，身体完全脱离了意志。“好累啊……”意识的飘移好像一阵风，瞬间将我吹落水中，我身心俱疲，几乎想要放弃一切就此沉沦。可冰冷咸涩的海水不断地灌进我的耳朵和鼻腔，巨大的恐惧刺激着我，我开始拼命向岸边游，扑倒在沙滩的那一刻又哭又吐，我甚至不知道自己为什么这么想活。寂寞的海滩上空无一人，我瘫倒在地，看着白色的天空和灰色的海，觉得自己置身于孤岛之中，人类早已离开，自己是地球的最后一个弃儿。

我被巨大的疲惫与失落掩埋，几个小时都动弹不得。天色渐暗、繁星初上，不知不觉我进入了梦境。迷迷糊糊中，我觉得好像身旁有人，恍惚中我看到一个人影跪在我身上不知在做什么，突然，一个黑色的东西弹在了我的腿上，我害怕极了，紧紧地捏着身下的沙子，不停祈祷自己在做梦。然而对方越来越兴奋，不断地朝我下体靠近，几乎就要得逞时我抓起沙子扔向他的眼睛，对方毫无防备，“啊”的一声捂住了双眼。我推开他起身逃跑，可没想到他瞬间抱紧了我的腿，我被他拉扯着倒了下去。我拼命挣扎但完全不是他的对手，他用双手紧紧地钳住了我的脖子:“不要跑，敢跑弄死你！”紧接着，几记重拳打得我满口是血，我发不出声音也吸不进空气，只好冲他点点头，但他并没有放松，而是更狠地按着我的脖子准备开始兽行。我被他压着完全无法动弹，痛得双手使劲抠着沙子。突然，一个尖锐的东西刺得我掌心生疼，好像是一个破碎的钉螺。对……用它……我紧紧地捏着钉螺，咬紧牙关放弃了抵抗，忍耐着屈辱等待那一刻的到来。很快，他认为自己已经占领高地完全得逞，兴奋得五官扭曲起来。看着他失焦的双眼，我拿着钉螺朝他的脖子狠狠扎去，他如梦初醒般惨叫了一声，一股腥热的液体瞬间铺满我的上身。顾不得这血腥的一切，我推开他拼命逃跑，然而在十几米开外的地方，背后传来哀号:“求求……求求……”是那个男人，他倒在血泊里哀求着我，我想他可能会死，于是往回走了几步，但当我再次看到他黑色的东西在那里颤抖着，像是一种积累了很久的愤怒贯通了我的身体，我毫不犹豫地狠狠一脚踩了下去，他口张得碗大，呻吟着，蜷缩身体面色惨白，然而看到这一幕的我，痛苦莫名消失了。我挥起那只拿着钉螺的手，一次又一次地深戳下去，每一次的进入都爆发出一种从未体会过的兴奋感，看着身下这张狰狞扭曲的脸，渐渐地，我开始意识恍惚，时而觉得他是我，时而觉得我是他，时而又觉得他就是他……我害怕极了，可手中的钉螺却完全停不下来，眼前的一切越来越模糊，唯独头顶的月亮红得骇人。

我像是垂死的落叶突然卷入飓风，以另一种姿态活了过来。直到他的脸不再颤抖，直到我的脸彻底消失……看着眼前这熊熊奔涌的大海，自己制造的一切涌向大海深处。人类对这片大海造的孽太多了，需要用自己的肉体为自己赎罪。

再一次，我从海中走出，满身伤痕，赤身裸体。第一次如此强烈地，我明白了活着的感觉，内心迎来了从未有过的充实与静谧，那些让我无处遁逃的虚空、痛苦、不甘都随着这个男人的身体永恒地沉入了大海。

第六节

日期：2 月 26 日

回到虫岛后，我像是卸下了所有的重担，精神世界进入了一种前所未有的真空状态，我不再关心自己过去有什么，也不再想自己未来要干什么，而是思考活着到底是什么，什么才是纯粹地活着。

我开始疯狂地好奇伊鸠笔下的濒死体验，不断地翻看那个小册子，甚至可以对里面的内容倒背如流。我想知道，一个人像死一样活着和像活着一样死到底是什么样的感受。人们如此惧怕死亡，然而却并不真正热爱活着，那么死和活到底是不是反义词？

我想要去鱼岛，可是该怎么去呢？如果伊鸠真想邀请我去为什么没有给出地址？如果我真的去了以后他不在，我会不会很失落？如果我沉浸在濒死体验中不想回来，那我到底是死了还是活着？

“叮咚！”

我停笔起身，门外站着信差。

“梨子小姐，这些信全部被退回了。”

“全部？”

“哦，对了！有一封不是，是对方寄过来的，您看看吧。”

我拿着手上的退信叹了口气，伊鸠寄来的信，地址模糊不清，我凭着猜测寄了几个地址，但是都被退回来了。我拆开那封寄过来的信，信纸竟然是一片巨大的干树叶：

您好，误拆了您的信件，非常抱歉，但我想信件有回应总比石沉大海好。您信里提到的喜欢冲浪的伊鸠先生可能在我们这里住过一段时间，但是已经走了很久了，至于去向，我们也不清楚，特此回信告知。

他竟然就这么走了，去鱼岛还可能吗？我心中怅然。

第七节

至高无上的自由，无须爱情，无须金钱，无须信仰，无须名望，更无须美貌。我只要真实。

——《荒野生存》

2月28日，又是一个7的倍数日，我决定启程去佛岛，不过这次的我，不再像是一个逃兵。

抵达√7之后没有看到雅图，马可见到我非常高兴，在我的腿上蹭个不停：“冒呜，你还好吗？我一直在为你担心。”

我抱起马可，抓了抓它的脑袋：“你上次不祥的预感确实发生了。”

“发生了什么？”

我一五一十地说出了近期发生的事。

“呜……你们人类真是以彼此折磨为乐。”

“是啊，在彼此折磨中消磨生命。”

“别想不高兴的了，我记得你问过我佛岛上的虫岛人在哪儿，今天我就带你去。”马可绕着我发出兴奋的呼呼声，“在那里，每个虫岛人都是欲罢不能！”

“让虫岛人欲罢不能？”我心想，除了钱还能有什么能让虫岛人欲罢不能。

“嗷呜，跟我走，带你大开眼界！”

我跟着马可出门，不久之后走进一个地下通道，通道里竟然是一片广袤的森林，森林犹如迷宫，走了很久之后，眼前赫然出现一大片绵延无尽的矮楼。

“这是哪里？”

“人脑研究所。”

“人脑研究所？难不成你骗我过来摘脑袋？”

“用不着摘就可以换脑袋，这里全是虫岛人。”

“他们在这里干什么？”

“幸福地活着。”

“幸福地活着？地下森林里？”

“他们都是在虫岛失去了希望的人，不知道从哪里得到的消息，说佛岛像天堂一样，所以他们想尽办法来到佛岛。但是来到佛岛以后，他们几乎没人成为真正的佛岛人，因为他们戒不掉虫岛人的劣根性，所以拿不到佛岛人的身份。佛岛人会出于人道主义把他们送到这里，给他们提供生存给养，满足他们一生的幻觉，让他们在这里幸福地活着。”

我随着马可走了进去，眼前是绵延无尽的、像是电子棺材一般的仪器，如同胶囊旅馆一般，密集地一层叠着一层，一片连着一片。人们赤身裸体地躺在“胶囊”里面，机器不断地扫描着他们的身体，生物循环系统连通着他们的肉体，旁边的仪表上数字上上下下。他们像是一个个恒温箱里的巨型婴儿，不用接触外界，全然活在自己的小宇宙里：有些人兴奋地哈哈大笑，有些人感动得潸然泪下，有些人紧绷肃穆如临大敌。我被此情此景惊呆了：“怎么会有这么多人？不是只有一部电梯吗？”

“不是只有一部电梯，有很多个，不过我听雅图说，这些年来这里的虫岛人越来越多，可能所有通道都会陆续关闭。”

“我也是虫岛人，为什么没有进这里？”

“因为你很少在这里，他们大多数想要长居佛岛，过上佛岛人的生活，但是他们旧习难改，没有人推荐他们。最后难免都会被送到这里。”

“这里是怎么提供幻觉的？”

“听雅图说，这里有虫岛人的快感数据库，他们知道虫岛人都有什么样的欲望，想要怎么满足这些欲望，算法会与他的个人意志融为一体，不断地推算出一个最能让他为所欲为的快乐新世界。”

“可是每个人都不一样啊，我是说欲望……”

“每个人在这里都会有一个无尽的属于自己的世界。机器会对人做全身扫描，不仅能读取你大脑的记忆，还能读取你身体的记忆，比如人们在学会说话之前也是有记忆的，不过学会语言之后精神世界会重构，那些非语言记忆就会被深藏，只有借助这样的机器，你才能清晰地回忆起那个时候的感受。”

“太不可思议了，说得我也想试试了，可是一直躺在里面，他们不会累吗？”

“不会，机器已经帮他们解决了一切。他们一旦躺下去，就再也体会不到时间，所有的剧情都会按照你期待的方向往前走。当然，为了让你全身心沉浸，偶尔会有波澜，但那是为更大的满足做铺垫。”

“可是，人完全脱离现实社会一直活在幻觉中，这样真的好吗？”

“当然好！与猫不同，人的大部分时间都活在幻觉中。人们喜欢看电影、看视频、无休止地焦虑、不断地规划未来、不停地扩展内心戏，其实都是幻觉。这里提供的快感甚至比现实生活中的更强烈、更真实，而且更人道，因为在虫岛，大多数人毕生都没有体会过被尊重、被爱、被渴望，但是在这里，一切都可以实现。”

“天啊，如果习惯了这样的生活，一个人离开后该怎么自处呢？”

“到目前为止从来没有人离开，他们都很喜欢这里。”

“他们难道不需要自己的家人吗？”

“除了吃喝与睡觉之外，很多需要都是虚无的，亲情、爱情、成功、崇拜……都只不过是大脑的一种感受而已。在这里，他们可以体会到任何形式的感情。想得到母爱就能得到母爱，想得到父爱就能得到父爱，很多原生家庭不幸的人会重新体会幸福的童年。”

“虫岛上也有一些小说和电影会让人自我代入，产生类似沉溺的感觉。”

“在大脑研究所的人看来，通过这么复杂的过程让人产生快乐成本太高了。人的情感变化不过是体内的幻想和激素的变动，这些，机器都可以实现，而且远比那些电影和小说更让人沉迷，这些人脑交互机会随着数据的增加不断地更新迭代，让人们生活在一种快感没有上限的世界里。”

“这也是会有副作用的吧？”

突然，一个管理员模样的人走了过来，马可立马躲在窗帘后面。

“你是新来的？”

“哦……是的。”我有些慌张。

“登记了吗？”

“嗯。”

“使用方法知道吗？”

“嗯……大概吧。”

“你可以去 7458 号房间，”管理员递给我一张卡片，“这是门卡。”

我有点茫然。

“怎么了？”管理员疑惑地打量着我。

“哦……只是有点怀疑，这里能不能让我快乐。”

“当然可以！”管理员瞪着我，似乎认为我的疑惑很多余，“我们这里不仅让人再也不忧心生存，还能让一个人的精神满足到此生的极限，这么多虫岛人还没有一个离开的。”他自信地把手指向一边，“看到那个女人了吗？来之前连续被两任丈夫抛弃，过得比绝望还绝望，你看她现在面色多红润。”我仔细打量着那个女人，她眼睛微微睁着，面容潮红松弛，散发出一种湿热的气息。

“瞧！这就是爱情的力量！”管理员旋即又指向另一个方向，“你看那个男人，他呢，在虫岛生意失败了，老婆跑了，亲戚朋友也躲着他，自杀失败之后来了我们这里。他现在非常自信，在这里重新拥有了女人对他的崇拜、别人对他的羡慕，连孩子都不用养就能体会到做父亲的幸福。他们在这里得到了比虫岛多得多的幸福。”我看着那个男人，他的脸上确实有一种虫岛人很难得的别无所求，与此形成鲜明对比的，是他手腕上的深疤。

“这里能弥补所有的人生遗憾？”

“当然。不仅能弥补遗憾，而且能创造未来。”

“可以体会亲情、爱情？”

“当然，最热烈的那种。”

“可以变富有？”

“岂止富有，甚至成为任何的……上流人物！”

“可以复仇吗？”

“不要怀疑，通通都可以！你要知道，相比人的精神世界，他所能接触的现实生活不过是巴掌大小。在我们这里，相当于给你建立了一个由过去平滑进入平行宇宙的通道，让你拥有崭新的命运。一般来说，你进入机器的瞬间脑子里想的是什么，剧情就会从那个点开始发展，你所看到的一切都是真实的，你会享受到绝对的自由，有应有尽有的快乐和永远幸福的人生。”管理员伸出门卡，“快去吧，我至今没见过后悔的，位置就在你背后不远。”

我接过门卡，脑中拼命回想着过去一年的一切，难道那些没有机会体验的感受真的可以马上体验到了吗？我感到既兴奋又害怕，径直走向 7458。

走向 7458 的路上，我走近打量着其他人的机器，听到他们各式各样的声音：

“我终于把他干趴下了，也让他尝尝当狗的滋味！”

“你不是嫌弃我长得丑吗？她毁容之后你想起我了？”

“人啊，就是此一时彼一时，十年的委曲求全，就是为了今天看着你怎么死。”

每一句话都像是一根针扎在身上，让我心惊肉跳，我很好奇这是一种什么样的体验，可以让人如此赤裸地展露自己的欲望。这里像是一个癫狂版本的虫岛，每个人的欲望都被充分放大、充分满足，他们不再像活在现实生活当中，因为种种恐惧而自我约束。

机器很容易使用，在躺下的一瞬间，我的大脑像是进入了睡眠前期，陷入短暂的失神，接着脑子当中浮起各种熟悉的杂念：啊……我在拳馆的办公室里，看着已经做好的维纳斯。突然有人敲门，狄森屏竟然出现了，他对我笑着，那笑容好明媚，是前所未有的真诚。

“梨子，简直太美了，你一直都是这么有才华。”狄森屏看着蜡烛啧啧称赞。

听到这话，我心里冷笑一声：“你不是一直说我做的尽是些没用的玩意儿吗？”

“你的才华让我感到恐慌，我很怕失去你。谁又不想拥有一个如此特别的女人呢？如果你有一个无价之宝，你不希望太多人看到。”

“你如果真的爱我就不会去找林黛丝。”

“我是一时糊涂，Cici 跟我说你和你上司在一起了，所以我为了报复你才这样的。”

“可是你们都要结婚了，这能叫作报复吗？”

“不，不会的，我们早就分开了，婚礼也取消了。”

“取消了？”

“对啊，林黛丝那样的女人，我不早就跟你说过吗，见鬼了才会看上她。”

“可是这个蜡烛是做给你们的，我以为你们会结婚。”

“这个蜡烛是为我们做的不行吗？这个味道……太迷人了……”

“对，它的名字叫海啸，你会与那种力量融合。”

“不，梨子，我今天来是带着真心来和你说对不起的。拉琪找林黛丝买的那套房子，我买下来了，写你的名字，你一定会满意的，这是我的诚意。”

“少跟我开玩笑了，你怎么可能……”

狄森屏拿出一张房产证，虫岛最好的位置，上面赫然写着我一个人的名字：“梨子，对不起，我真的不该那样伤害你，我爱你……”他的眼睛里噙满了泪水。

“已经结束了，狄森屏。谢谢你的好意，但是……你是怎么……”我很疑惑他哪来那么多钱。

“即使你不接受我，它也是你的，我向你赎罪。”狄森屏皱着眉头，渴望地看着我。

我不知道该说什么好，狄森屏开始靠近我：“梨子，我爱你，我再也不会伤害你了。”

“不要这样……”我试图将他推开。

狄森屏开始抱我，渐渐地用力，不断地在我耳边呢喃，不停地说爱我。在海啸的刺激下，我们变得无法自控，一种欲望与仇恨交织的感情在我的大脑中迅速蔓延。突然间，一种愤怒的力量布满了我的全身，我像是复仇的杀手，每个细胞都在告诉我，我恨他，我要吞噬他，我的身体变成了想要拆散他的刑具，而他毫无招架之力的臣服，像是沸腾的铁块落进了深不见底的冰海，他变得脆弱，他开始落泪，他不停喘息，在我办公室的隔间里，金色的灯光打在他的额角上，像是一片落地前拼命颤抖的秋叶，我目不转睛地审视着这一切。这时，外面有人敲门，是林黛丝，林黛丝听到了这一切，她在外面喊着狄森屏的名字，哭着让他开门。可是狄森屏完全停不下来，他不停地说爱我，不停地喊着林黛丝是个婊子，这些话不断地刺激着我的神经，房间里撞击的声音，林黛丝哭泣的声音，两种哀伤瞬间扭结在一起，像是一种巨大的力量，瞬间将我连根拔起。“啊！”我一阵战栗，一切都化为火焰。

“不该这样！”我用力挣扎，结果头硬生生地撞在了机器上。环顾四周我才意识到，这是一场梦境。我飞快地跳出那个机器。太可怕了，回归现实的我充满了羞愧与恐惧。在这个机器当中，人完全没有善恶，你的精神像一匹脱缰的野马，不顾善恶对错，只顾跑向让自己最爽的位置，可是那个爽的我让我感到作呕。然而，不管我怎么控制，刚才的场景还是不断地在我的脑中翻飞，一种强烈的羞耻感撕扯着我的心。

“马可，我们不能在这里，这哪是人脑研究所，简直是撒旦俱乐部！”我跳出来呼唤马可，“先生，门卡给你！”

“怎么了？”对方有些惊愕。

“不用了，我不需要那么多的快乐。”

“什么？”他瞪着双眼看着我。突然，外面的电话响了，他向外面走去，但依然回过头惊诧地看了看我。

我冲到窗帘旁边，抱起马可就跑。

“难以置信，他们在佛岛所经历的一切难道不是一场梦吗？”

“是吗？可你怎么知道你在虫岛经历的不是一场梦？”

“他们始终活在一场游戏当中！”

“可是……怎么又算没活在一场游戏当中呢？”

“不，我没有，不管是现实还是游戏，如果快乐的代价是让我成为一个丑陋的人，那我宁可一辈子活在悲痛之中。”

“你这……”

“马可，我已经不再是过去的梨子了，我不想要那么多欲念，我只想回归纯粹的自己。”

穿越地下森林，终于到了地上的佛岛，一念之间，宛如地狱与天堂。

第八节

回到√7之后，那种震撼的感受久久不能平复，我不禁思考，一个终生活在骗局当中但快乐的人和一个终生活在真实当中却痛苦的人相比，谁的人生更值得一活？如果是一年之前的我，昨天会不会完全沉溺在那种幻觉之中再也不想离开？

这时，雅图回来了。

“佛先生，我今天去人脑研究所了。”

“哦？有什么感受？”

“他们为什么不放那些虫岛人回去？”

“没有人困住他们，是他们自己困住了自己。”

“可他们一辈子待在那里会废掉的。”

“他们在虫岛早就是绝望之人，你是说让他们回到绝望之中吗？”

“这个……”我竟然不知怎么回答，“我只是觉得，他们这样，不像人了。”

“那人应该是怎样的？”

“我不知道，但我想，一种好的生命状态，应当是在真实的自我中体会真实的世界。也许他们很幸福，可是这种幸福是建立在虚假自我和虚假世界的基础上的，这样走下去，真的算是活着吗？”

雅图笑了：“你觉得什么样算活着？”

“我不知道……我只记得第一次来佛岛的时候，非常想离开虫岛，我想逃避那一切，只是想活得舒服些。现在经历了浮华陨灭、劫后余生，似乎对生命有了新的追求，我想要的可能并不是舒服可以形容的，我想要一种不要掺杂太多欲念的、真我对真实的那种纯粹，这也是我这次来找您的原因。”

雅图笑了：“喔，好吧，你的进度比我想象的快，这几天我们可以聊聊，怎么回归本真。”

第九节

第二天清晨，我很早就被马可唤醒。

“快醒醒，我们今天去森林里。”

“去森林里？”

“对，雅图在那里。”

马可带着我一路奔跑，来到了一部电梯前。

“我们去哪里？”

“跟我走就好！按17320508。”

我按照马可的指示按了下去，又是一阵剧烈的颠簸和眩晕，但是时间比去虫岛更久。出了电梯，眼前是一座绵延的五彩石山。

“这么秃，哪里有森林？”

“跟我一起爬上去。”

我跟着马可沿着石山的路蜿蜒而上，很快到了山顶。这时我才发现，山下有一条蓝色的河，而河的对岸有一大片彩色的森林，以河为中轴线，一边是五彩石头山弥漫着温暖的橘色，一边是五彩森林散发出冰冷的黛绿，虽是一冷一暖，但都是极为浓烈的色彩。

“我们下去，坐船去对岸。”

很快，我和马可到了森林里。我发现这是我去过的植被最旺盛的森林，乔木几乎将天空遮蔽得密不透风，每向前走一步都要突破眼前一簇簇的灌木群，大多树木的根颈十分粗壮，向天看去宛如一个个饱满巨硕的绿伞，树和树之间连着细密又坚韧的藤蔓，蛛猴在树枝间飞来飞去。

走出不远，前面有一条小溪，溪水旁有一棵镂空的大树，树洞的两旁写了两行字：

相逢不相识，
未语共知名。

“我们到了！”马可先一步爬了上去。

我跟随着马可进入洞中，发现雅图已经在这里了。身旁有一个身材壮硕的女人已经替我们煮好了茶。我四下打量，发现树洞非常宽敞，整个空间充满了清新的茶香。更有趣的是，这个树洞里还有一棵树，穿插于树洞之中成为一棵树中树。

“佛先生，在这里喝茶好幸福！”

“哈哈，当你在这里住一个月，你会发现自己和马可一样快乐。”

我看了看马可，笑着把它抱在腿上。

“佛先生，其实昨天的事情让我很不舒服，它更像是一种理性人对感性人的操纵，感性人在这种操纵中毫无招架之力。”

“佛岛永远不会束缚他们，也没有蓄意操纵他们，他们被束缚是因为他们的热情在于无穷无尽的欲望，而不是这个真实的世界本身。”

“可是他们想要的不就是在真实的世界里得到物质和名利吗，这还不够真实吗？”

“那是欲望的世界，不是真实的世界。”

“那您所说的真实的世界到底是什么呢？”

雅图没有回答我：“梨子，你能告诉我什么是树吗？”

“树？树……就是树啊。”为了表示对树很了解，我继续解释道，“树是木本植物的统称，由根、干、枝、叶、花、果组成。”说罢很自信地看着雅图。

“如果你面前有一个小孩，你会如何教他认识植物？”

“我会指着不同的植物，让他记住每种植物的名字。”

“但我认为，这只是语言，它只是浮在这个世界的表层，就像啤酒沫，品味它算不上品味啤酒本身。”

“可是……那泡沫的下面是什么呢？除了用语言，难道还有别的方式解释这个问题吗？”

“很多父母会指着植物跟孩子说，这是花，这是草，这是树，他们希望孩子把语言和植物联系在一起，记住的词汇越多，认识的世界越大。但是不要忘记，语言才诞生多少年，这个世界远比我们的语言更丰富，就像我们所在的这棵树，树上的每一片叶子都不同，也可以说每一片都在叙述着属于自己的语言。但是站在旁边的人是不会感知到这一点的，他们早就用‘树’概括了一切，所以就不再花精力去真正地了解它们。”

“可是，树木不会说话，也不会动，怎么才算了解它们呢？”

“看它、摸它、闻它、听它，用任何一种方式了解它，唯独不要用所谓的知识挡住你对它的亲近。这样，你才会真实地体会到一个生命，而不是一个熟悉到已经麻木的知识点。”雅图指着这棵树中树，“你可以闭上眼睛，尝试着用手跟它交流。”

我把手掌覆盖在那棵树中树上，指尖在树皮上来回摩挲，那种规律的、带有纹理的、粗粝的质地不断通过指尖传递到我的大脑，我意识到我不只是触摸树这么简单：我摸到了湿润古老的苔藓、虫子干瘪的残骸、掺杂着露水的泥土、死去了依然紧拥着树干的藤蔓。忽然间，树干开始微微颤动，告诉我它的头上风正经过。

“它说话了吗？”

“嗯。”这种非语言的语言竟让我有一种久违的感动。我很久都没有被人感动过了，今天竟然会被一棵素不相识的树感动。“我完全忘记了上一次摸一棵树是什么时候，我每天都要经过很多的树，但我从不会多看它们一眼，只觉得它们是无趣的绿植罢了。”我抬头打量着这棵树，“我重新认识了树。”

“树也重新认识了你。”雅图笑了，“精密的理性让我们拥有正确的思想，但是敏锐的感觉会让我们真切地活着。”

“是，在虫岛上，不少人从小就觉得活着没意思，可能理性的训练让人们忘了活着只是一种感受，这种感受的触角如果消失了，自然体会不到活着的意义。”

“现代人活在一个被概念简化了的世界，这个是树，那个是草；这个是好人，那个是坏人；这个人成功，那个人平庸。人们会用文字概念对世界归类，可是文字也给内心上了锁，让人们觉得自己已经了解一切，不再用心去观察这个世界。”

“是否可以这样讲：语言会限制我们对于世界的理解？不对，我想应该是，我们活在一个被语言局限的世界当中……”

“对，知识往往是抽象的，但我们的生命是具体的，逻辑贯穿于学校的教育，但人是靠情感活着的。人生而有灵性才会有如今的文明。所谓感性和理性，只不过是灵性大树上的枝丫，没有灵性，人是没有生命力的。”

“对，是灵性！这个词说的就是我想要的那种感觉。我希望的纯粹，就是摆脱观念，摆脱麻木，摆脱恐惧，恢复一种天然的能量。”

“每个人出生的时候都是有灵性的，你会发现他们对世界充满了热情和好奇，但是成年之后，这种特质往往会消失。不过动物不会，你会看到小猫总是好奇地左嗅嗅右闻闻，即便成年之后依然这样，因为他们一直作为一只猫的角色活着。可是人就不一样了，人长着长着就不再像是一个小动物了，而是成为学生、员工、丈夫、妻子、领导、下属……每一个角色都让他臣服于一种功能，从而有理由去对抗自己的本能。而这种对抗，也会让我们的灵性日渐枯萎。”

“最可怜的就是成年人，想哭的时候不能当着别人的面哭，想发疯的时候告诉自己要镇定，想攻击的时候说服自己要理性……好像很自然地，在现代文明中，人会离本能的一面越来越远。可是怎么才能恢复那种原始的灵性呢？”

“远离那些你以为塑造了你的东西。”

“为什么？没有它们就没有今天的我。”

“对，正因如此，不是吗？”

“啊……”我深吁一口气，似乎理解了他在说什么。

“放下那些重担，全身心地感受自己，感受自然。”

“我有些理解您在说什么，但还是有一点困惑。如果我放下那些重担，恢复感官的自由，算不算是一种无所事事的状态？从小到大，我最怕这样，在虫岛，我们只相信努力带来改变，无所事事意味着原地踏步，没有人相信这会改变一个人。”

“想要恢复灵性，首先要摆脱对生命的功利。孩子喜欢泥巴、喜欢树叶、喜欢虫子，是因为他们没有受到过所谓成功、优秀、金钱之类概念的钳制，所以自然而然地，敞开胸怀热爱一切能让他们感受到生命的东西。”

“是的，可是长大之后，我们都变了。”

“对，在虫岛人看来，把情感诉诸微小的事物是令人不齿的，只有宏大的戏剧化的人生图景才值得追求。可微小的事物往往最真实。哪怕是一朵小花，也有自然赋予它的意志，每一天它都是不同的，每一片花瓣也是不同的，从微小的事物之中察觉伟大，会让人从那种自我关注的幻觉中解脱，心灵有了空间，灵性也会自现。”

“您说得对，其实束缚人的，往往是那些被灌输的所谓最重要的事。”

“不要让语言与逻辑桎梏你，去全身心地感受，去探索意识深层的感知。渐渐地，你就会摆脱智性逻辑的束缚，从意识的深海当中，看到真实的自我一跃而出。”

此时，那个壮硕的女人已经从外面采来了白色的野花，以及大小不一的彩色鹅卵石，女人把花插在了眼前的水碗中，野花的白色泛着娇嫩，鹅卵石团聚其周，衬得她野性的红色面庞竟也温柔了起来。

“所以，野花和石头，也有它们的灵性，对吗？”

“是的。当一朵花在你的面前绽放，虽然它没有说出任何的话语，但是它已经告诉了你它的幸福、它的狂喜、它生命的意义。所以，并非所有的事物都必须有具体的定义、苛刻的逻辑。它的存在本身就是一种表达，你客观地接纳它，就是最深刻的交流。”

我想起曾经的自己收到玫瑰时，最关注的是品牌是否高端、配色是否隽雅、包装是否精致，竟然从不曾关注每一朵花本身。此时此刻，没有包装，没有配色，仅仅是一簇小白花，每一朵都在旁若无人地展示着生命的自信。

“好了梨子，不要听我在这里讲了，语言永远是有限的，和马可去森林里体会这种感受吧，甚至可以多住几天，好好感受我说的话。”

“啊，这就结束了！”

“我已经说了全部，我说的相比你需要体会的，只是沧海一粟。”

“我竟然觉得没有听够。”

“好吧，最后讲一个故事，你们就去森林里看看吧。”雅图想了想，“这个故事是庄子讲的，叫作混沌的故事。混沌的朋友们受到了混沌很多的恩惠，因此很希望报答他。他们经过商量得出了一个结论：

他们留意到混沌没有感觉器官来分辨外在的世界，所以他们想要改变他。第一天，他们给他凿了眼睛；第二天、又给他凿了鼻子；第三天，给他凿了嘴巴。这样日复一日，他们把混沌变成了像他们一样有感觉的人。然而，当他们为了自己的成功而互相庆祝的时候，混沌却死了。”

第十节

只有纯粹，才会轻盈有智慧。

——马可

几天后的清晨，我被一阵窒息的压迫感唤醒，睁眼一看，马可坐在我的脸上。

“快醒醒，今天我们去河边。”

眩晕中，我跟着马可出了门。它带我去了另一部电梯，又让我按下17320508。

神奇的是，这次电梯打开后，眼前并不是五彩石山，而是一个峡谷，峡谷之间是一条蜿蜒的溪流，马可欢腾地向前奔跑，时不时尝尝溪中的流水，尾巴尖惬意地左右摆动。我跟着它一直向前，直到眼前出现一个巨大的瀑布。

“看到瀑布上有链条了吗？抓着那根链条爬到最高处。”马可跳进我的背包，告知我向上攀爬，但眼前的瀑布却带给我最真实的恐惧：要是滑下来该怎么办？看着湍急的流水，我脑中一片空白。犹豫片刻，我还是鼓起勇气走到瀑布脚下，可还没站稳就一个趔趄，双腿跪到了水里，瀑布浇透了全身，这时我才发现水里有很多的白骨，像是曾经从山上落下来的人。

“你还行吗？”马可紧张地问道。

“没事，你坐稳了！”说这句话的时候，我的舌头都在颤抖。

我双手握紧链条，聚全身之力向上爬，除了要对抗重力，我还要对抗自上而下的水流。瀑布不断地从头顶落下，我像是在一条竖着的河里游泳，视线几乎完全模糊。但我只能越爬越高，不敢有丝毫停歇，生怕一个分神就会被彻底冲落下去。更没想到的是，瀑布爬过一条还有一条，就这样，在毫无退路的情况下，我连续爬过了九条瀑布，终于抵达了最高层。登顶的那一瞬间，所有的恐惧从身体中逸散，我倒在地上全身瘫软。

马可从包里跳了出来：“你快看我们到了哪里！”

我抬起头，发现眼前竟然是一个平原，满眼是明暗相间的各色苔藓，形成了一个又一个巴掌大的彩色小丘绵延向前。休息片刻之后，马可带着我向前走，这时我才发现，这些错落的五彩苔藓下面竟然是人的头骨，它们被苔藓覆盖着，散发出一种死亡与生命俱在的冲突与静谧。阳光铺落在平原上，镀得水雾金碧辉煌。

“一直往前走，你会看到一座房子。”

可是我一直向前，并没有发现哪里有一座房子，而且越向前水声越大，我不禁怀疑前面还有一个瀑布。突然，一束光射进了我的眼帘，竟然是一座房子，一座透明的房子浮现在我眼前，如同一颗方形的钻石，每个面都在熠熠发光，我兴奋极了，抱着马可向前冲去。

“天哪，这里是悬崖！”走近才发现自己差点冲了出去。房子嵌在悬崖上，而悬崖的对面上千米的地方，有一个巨大的瀑布。

房子门口的地上有两行字：

天上天下，唯我独尊。

我若见之，杀与狗吃。

“佛先生竟然会用这么粗俗的话。”我看着这句话笑了起来。踏进房子，才发现脚下是令人眩晕的深渊，而深渊的下面是深不见底的流水。我不禁心跳加速，双腿发软。

“快坐，尝尝这里的水泡的茶和之前的有什么不一样。”雅图在房间里自在踱步，仿佛根本看不到脚下的深渊。

我紧张地坐下抿了一口，竟然根本尝不出茶有任何的味道。

“如何？”雅图看着我的眼睛。

“我……我尝不出味道。”

“哦？难不成是恐惧的味道？”雅图看出了我的慌张。

“对……是恐惧的味道，我的舌头竟然失灵了……”

“喔……这可不像是翻越了九条瀑布的人说的话。”

“您取笑我，刚才我哪有工夫恐惧，踩对当下那一步已经谢天谢地。”

“真实的危险你不恐惧，不存在的危险反而吓退了味觉？”

我突然意识到确实如此，雅图轻松地在里面来回踱步，而我却吓得全身哆嗦，房子虽然透明，却厚重牢靠，我紧张的只是一种视觉上的假象。

“这几天在森林里体验如何？”

“身心喜悦。我突然发现，如果改变了看世界的视角，就会看到很多以前看不到的东西。”

“哦？具体说说？”

“我发现人看不到自己世界以外的东西……在虫

岛的时候，我每天的生活都围绕目的，所以和目的无关的东西我几乎视而不见。但是我发现，如果不带目的和先入为主的观念，好像总是能看到新东西，就像重新变成小孩一样。我怀疑人会预先在大脑中设定一个世界，然后去选择性地看世界。就好像以前我觉得树就是树，都差不多，可是当我不再把树概括为树，就会发现它们的纹理、它们的颜色、它们的曲线，甚至每一片叶子在阳光下的光影，个个都散发出不同的自然意志。虫岛那种以目的为主的人生哲学虽然提升了效率，但也会把人封锁在目标的局限性中，忽略这世界的大半边风景。人一旦脱离了视角的有限性，就能脱离狭隘和麻木。”

“很好。”雅图笑着点点头。

“可是我还在想一个问题，脱离环境容易，改变视角也不算难，可是逃离恐惧很难。在虫岛上，驱动大多数人的并不是强烈的热情，而是深深的恐惧，而且随着年纪渐长，恐惧也会不断增加：怕父母失望，怕失去工作，怕被人看不起，怕孩子不成器。每一个人生角色都伴随着全新的恐惧，恐惧像影子一样追着我们，让我们变得不像自己。就好像在这个玻璃房子里，虽然我是自由的，但我却是僵硬麻木的，虽然恐惧的事情并没有发生，可是人已经变得不成样子，我该怎样摆脱恐惧的束缚呢？”

“人之所以觉得恐惧，是因为把恐惧当成了敌人，而自己，成了恐惧的观察者。”

“恐惧的观察者？”

“恐惧在物理世界是不存在的，你看不到任何一个叫作恐惧的实体。但是对于人而言恐惧却无处不在，人们会把很多事物定义为恐惧，并且去观察它，这就是被恐惧影响的过程。就好像你把悬空定义为恐惧，那么你凝视深渊就是观察恐惧。”

“我在观察恐惧？”看着脚下的深渊，我突然意识到它只是深渊，是我给它强加了恐惧的意向，“所以……就像孩子把成绩差定义为恐惧，女人把衰老定义为恐惧，男人把贫穷定义为恐惧，他们总是在观察这些恐惧，所以总是惶恐不安？”

“是的。就像一年前的你，把没有工作定义为恐惧，把不能结婚定义为恐惧，每天观察它们，耗尽了你的精力。”

“可是，人该怎么做才能不去观察恐惧呢？”

“你已经做到了。”

“我？不可能，我刚才还在恐惧。”

“你爬九条瀑布的时候，恐惧了吗？”

“最大的恐惧在爬之前和爬之后，爬的时候我根本无暇想这些。”

“可是只有爬的时候你才在危险之中，为什么不恐惧呢？”

“这个……”我才意识到这是很奇怪的一点，“可能是我的所有精力都在当下这一步上，根本没有精力去观察恐惧。”

“那么，你看看天上的鸟儿、风中的落叶，他们有恐惧吗？”

“鸟儿专注于飞，它应当没有空隙观察恐惧；而落叶，生命就是此时此刻，好像不必恐惧。”

“是啊，人们之所以觉得恐惧，是因为给恐惧留了太多的空隙。为了克服恐惧会与它搏斗，会想尽办法逃避，所以，这种无休止的内战会不断侵蚀人们的理性，也会耗尽他们的精力。”

“可是如何才能停止这种内在的交战呢？”

“回想你的经历，那个产生恐惧的人和想要克服恐惧的人分别是谁？”

“这……都是我自己啊。”

“对，是‘我’。恐惧就是‘我’本身。”

“所以我就是恐惧？我在对抗我自己？”

“对，所以你明白为什么你爬瀑布的时候反而感受不到恐惧了吗？”

“因为恐惧的我消失了，没有自我交战的空间……”

“是这样，当你专注于当下，甚至感受不到自我的存在，反而离苦得乐。”

“所以马可总说，人总是因为未来徒增了很多的痛苦，如果能像它们一样活在当下，会自在很多。”

“对，动物的世界里没有未来，它们的进化程度不足以让它们知道什么是未来，更不会知道什么是绝望。但也正是因为少了多余的智性干扰，它们才能自由地活在当下。”

“是不是没有了恐惧就会拥有自由？我越来越觉得所谓的自由只是一种虚浮的概念，人人都在讨论它，却没有多少人见过它。”

“曾经在印度，佛教徒辩论怎样才算是见道。有人说：‘无所见、无能见，能所双亡，即无所见的境界，也无能见的作用。’反方反击：‘既无所见，也无能见，又如何知道是见道了？’论题胶着持久，后来玄奘赶到，对教徒们说：‘如人饮水，冷暖自知。’”

“所以，您的意思是……一个人自不自由只有自己知道？”

“对。如果有一天，你没有恐惧、没有勉强、没有求取安全感的冲动，你会知道自己拥有了自由。”

“可是，怎么做才能进入这样的境界呢？”

“据说中国古代有一位艺术家，他在画一棵树之前，会一直坐在树的面前，好几天，好几个月，他要看到自己在和那棵树一起生长，他要看到自己变成了那棵树。”

“可是，当他变成那棵树的时候，就是自由了吗？”

“那一刻，他真正脱离了自我的束缚。”

“那他最终画的是那棵树，还是他自己呢？”

“这已经不重要了，重要的是他在画这棵树的时候拥有了彻底的自由。如果观察者能够与他观察的事物合二为一，那么两者之间的冲突就消失了。在这种状态下，人获得了最根本的自由。”

“那么这个时候自我消失了吗？”

“自我意识依然存在，只不过它不再感觉到自我而已。就好像一滴水进入了海洋，它不再局限于自我冲突当中，而是拥有了无限的广阔。”

“对，今天爬瀑布的时候，有很多的瞬间，我甚至觉得自己就是这山的一部分，那种融为一体的感受甚至让我感觉得到幸福。登顶的时候，与其说是一种恐惧的释放，不如说是一种大我的完成。在登顶的路上，时间像是静止了，而我，像是成为那座山。这是一种自我无限扩张的感觉。”

“对，如果人生始终能做到如此，那么人生始终在实现自由。”

“所以，也可以说自由并不存在，它并不是一种目的，而是一种过程当中的感受？”

“对，自由是一种没有动机的热情，它并不是因为某种目的才被唤起，只要你纯粹地忘我、纯粹地奉献，就会在过程中体会到自我边界的无限扩张，自然会有真正的自由。”

“您解开了我长久以来的一种困惑。曾经我和很多人一样，认为索取和拥有是在增加自由，得到的越多，自由就越多，但是我发现我最自由的时刻，并不是那种时刻关注着自我的时刻，而是那种不知自我在何处的时刻，冲浪、制蜡、画画，每当做这些事情时，我根本不知道自己去了哪里，只是成为大海的一部分、蜡雕的一部分、画作的一部分，虽然时间是短暂的，但每个瞬间都是无穷无尽的。”

雅图点点头，阳光从他的背后落了下来，透明房子被照成了金色。所有人的面庞都是温暖喜悦的。我也不再恐惧，安然地融于这份平静，与这方形钻石一同熠熠生辉。

“佛岛送给你的礼物。”雅图递给我一个信封。

我接过，发现里面是一封佛岛邀请信。

“从 4 月开始，虫岛到佛岛的路线就要关闭了，以后你可能不再有机会来佛岛。我向佛岛提交了申请，你会有在这里永居的权利，当然，你也可以根据自己的意愿，选择接受或者不接受。”

“谢谢佛先生。”我曾梦寐以求的，以一个事实的方式出现在我的面前。

“不过，在佛岛，你就要做好准备做一个佛岛人，对真实充分地觉醒，向人类最高境界的理性进发。”

我点点头，泪水盈眶，任阳光将我消融。

日期：3月5日

无数次地，我想离开虫岛，梦寐以求待在佛岛这样的永乐之地。如今机会清清楚楚地落在面前，让我觉得原来曾经的渴望并不是幻觉，而是真实生活的前奏。雅图递给我通行证的那一刻，身后万丈光芒，他如同慈悲的佛陀。我将永远铭记这一刻。

我越来越觉得，一个背负着沉重枷锁的文明人，他的重重枷锁就是文明本身，如果他打破那些看似成熟的观念、大而化之的概念，他就会从文明之中得到解放。人们常常以为，束缚自己的尽是一些丑陋之物，但如果反躬自省，那些发着光的、令人兴奋的、让人执迷狂热的才是永恒的锁链。我们为了配得上这个加速奔跑的世界，拼命扮演一个同样先进的文明人，可是原始灵魂的呼唤离我们并不远，我们依旧渴望那种原始的自由。人类给自己发明了时间的轴线，约束自己在轴线当中奔跑，这让当下不再存在，它不再成为现在，而是被撕扯为过去与未来。

人是幸运的，也是不幸的。人类诞生于这个世界，上帝从未以让人类幸福为念，人类饱受苦寒与饥饿的挣扎，受控于频繁多余的性欲，侵扰于远超生存需求的心智，永远挣扎于智性带来的忧虑之中。然而，伊甸园的大门早已关闭，如何与痛苦共生是人毕生要面对的问题。我在虫岛所体会到的痛苦，并非因我不够走运，而是生而为人必须穿越的宿命。而今，雅图给了我这完美的机会，我是如此喜悦欢畅。可我早已不若过往，不再会为一个“好”字、一个“乐”字而仓促下脚。生命的旅程是全然属于个体的行为艺术，我只希望在我的创作当中能够看到它的本来面目；我希望，对于未来的我而言，并不是环境改变了我，而是我选择环境的那一刻，我回归了真实的我。这才是我要做出的重要抉择。

第七章
飞翔的毛毛虫

第一节

在佛岛这些天，我得到了太多的启迪，但是搬家的事近在眼前，我必须离开佛岛了。离开前，在客厅见到了雅图，我突然想问他，在佛岛这么久，有没有怀念过自己的家乡。

“佛先生，您想念螺岛吗？”

“为什么？”

“哦……我在想，似乎大多数人在精神上，都会和自己长大的地方难舍难分。”

“可能这世界上有三种人。第一种人和生养自己的地方密不可分，在那种文化中感受归属，汲取能量；第二种人并不认为出生的地方就是家乡，他孜孜以求的，是把灵魂安放在自己心目中的家乡；而第三种人，他们没有家乡，他们绝不愿隶属于任何一个群体和文化，但是他们并不会觉得孤独，反而拥有了最纯粹的自由。”

“您是第二种？佛岛算您的精神家乡吗？”

“第三种。”

“所以您并不眷恋佛岛？”

“对，在我看来，人一旦隶属于什么，就不得不表现得像它的一分子，思想上的自由和独立也会随之遗失。”

“我还不知道自己是第二种还是第三种。”

雅图笑了笑：“还早。”

我点点头，蹲下抱起马可：“你希望我来佛岛吗？”

马可用脑袋蹭了蹭我的下巴：“我不能回答你，佛岛上的人是没有勉强的。”

“被期待也是被勉强？”

马可点了点头。

“好……”虽然我并没有听到最期待的答案，但我还是用力抱了抱马可，那种掺杂着柑橘和肉桂的味道让我觉得平静又亲密。

道别之后我离开了√7，走在路上，我再一次打量着这个地方，它的精密，它的理性，它对于原始本能的摒弃，一切的一切都是人类更高级的样子。我真的属于这个地方吗？这个地方属于我吗？我带着疑问再一次踏进电梯，再一次经历那熟悉的眩晕，再一次回到我那欲望横流的家乡。

在踏出电梯的瞬间，我突然觉得自己像变了身份，感到这里的一切都变得与过去不同：人们的表情、街道的风貌、天空的颜色、空气的味道……曾经习以为常的一切第一次变得新鲜，我像是一个异乡人，用全新的眼光审视着这一切。

回家之后，我径直躺在了床上，深吸一口气，家里依然是那种熟悉的、柔软的、带着干树叶味道的土壤气息。看着眼前熟悉的一切，回忆起从小到大的那些琐事，外婆临终的日子，见到马可的那个夜晚……生活总在计划与意外的折叠中前进，带着我们抵达很多不曾设想过的地方。人长大的路上，血肉不仅长在身上，也长在与自己密不可分的环境中，而现在，我就像是自己的母亲，要自己为自己接生。离开这赖以生存的一切，寻找全新的生命之源。

第二节

我在黑鲨滩不远处租了一个公寓，那里没什么人，租金比虫岛便宜很多，我可以在那里边冲浪边想想未来的去处。

租好了公寓之后，陆陆续续地，我开始清理房间里的旧物，丢掉不需要的，留下重要的，旧生活分别被安排在行李箱和垃圾桶里，最后就剩下外婆的房间没有整理了。自从外婆去世后，我就很少再去她的房间。在她人生的最后几年，大多数时间都把自己关在房间里。她看起来并不怎么喜欢外面的世界，或者说我很少觉得她对外面的世界真的感兴趣，偶尔我们会一起制作食物，照顾周围的流浪猫，但在更多的时间里她是封闭的，只留给自己。

我走进外婆的房间，开始整理她的遗物。她的房间很简单，一桌一床一柜就已经是全部。一直以来，她的衣服少得可怜，除了生存必需的那几件之外，她并没有任何一件多余的。然而，在我掀开床垫的时候出现了惊人的一幕，床柜里竟然放了好几箱日记。我从没想过她会写日记，震惊之余，突然觉得我们之间多了一重甜蜜的连接。

我将日记从柜子中一一挪出，发现外婆真像是一个严谨的图书管理员，居然整整齐齐地在每个日记上标注了具体的年份和她当时的年龄，从20岁记录到75岁，整整55年。55年到底意味着什么？几乎是我所经历的人生的两倍，是时代的两次转身，是无数人命运的崛起与跌落。外婆那个时代，虫岛不像现在如此商业化，更多的像是一个残留着大量传统却又被新生力量打破的荒蛮之地，冒险家们已经开始崭露头角，围绕着虫岛的各项资源跑马圈地，那个时候的他们恐怕并没有想过，他们孙辈的命运取决于他们当时做出了怎样的决定。那个时期的虫岛，女性已经可以接受教育，但是保守主义依然是社会对待女性的主流思想，几乎所有的女性在与她们的丈夫结婚之前都没有谈过恋爱，结婚之后不论遇到什么样的不快都很少选择离婚，在那个年代，大龄单身女性的存在是不被允许的，如果是单身妈妈，那么她在社会上承受的唾弃无异于石刑。我曾经羡慕那个年代的人赚取财富是多么容易，可当我看到女人的处境，又觉得当代要好很多，这一切都让我感叹：有好的时代，有坏的时代，可对于女性来说，从来没有完美的时代。

29岁的日记本看起来很旧，像是被翻阅了很多次，我很好奇她在我的年龄到底在想什么。刚一翻开，一张照片落了下来，是一个女孩的全身像。“这是谁？”虽然是一张有些模糊的黑白照片，可不知道为什么，第一眼看去觉得那么熟悉，分明像是在哪里见过。女孩有一张温柔的桃心脸，浅浅地笑着，白色的连衣裙随着海风翻飞，背后是一望无际的大海。我仔细端详着她的面容，不断回忆到底是在哪里见过她。“是梦……是梦里！”是我梦中的那个白衣女孩，她在我前面跑着，最后消失在了白色火焰里。这个女孩不止一次出现在我的梦里，可我们从来没见过，她到底是谁呢？

是外婆的朋友？姐妹？我百思不得其解，一遍又一遍地端详着这张照片，突然发现她锁骨上有两颗连在一起的痣。“啊，难道是外婆？”我知道外婆在同样的位置有两颗痣，那个样子简直再熟悉不过。可是，她完全不是我记忆中的外婆，说是判若两人也不为过。她是如此纤细玲珑，白璧无瑕；可外婆完全不是这样，她全身都铺满了岁月的伤痕与负担，因为严重发福，她总是气喘吁吁，有时候呼气的声音大到如同刚刚沸腾的热水壶，曾有几次我瞥见过她洗澡的样子，层层叠叠衰老的肉体让她像一个瘫软的花卷。我完全无法将我记忆中的外婆与这张照片联系在一起。如果她真的是外婆，那她到底经历了什么？怀着巨大的好奇，我翻开这本日记的扉页，坠入了她 29 岁的命运。

外婆对于我而言，有时是那么熟悉，有时又觉得她是个谜。她前半生在外面做什么，后半生在小屋里做什么，我全然不知，我也从来不知道自己的外公到底是谁，无论外婆还是母亲，对这些事都是三缄其口。直到翻开这本日记，我才算靠近那些讳莫如深的秘密。

从我记事起，外婆就是一个早出晚归的超市收银员，我绝不会想到29岁的她其实是一所中学的语文老师，那个时候的外婆尚有一个幸福的婚姻和一个4岁的女儿。可不幸的是，有一天夜里她独自回家，突然被黑暗中的阴影扑倒了，而那一瞬间决定了她后半生的命运。

黑暗中的面孔并不陌生，那个人是自己班里的学生，学生觊觎自己的老师，在欲望的支配下干下了大逆不道的事。事情发生后，外婆并没有沉默。第二天，她把这件事情告诉了校长，可校长却以影响学校声誉为由让她保持沉默，多两个月的工资算是补偿。可她并不认为这是正确的回应，于是她跑到警察局举报了这个男孩，警察带走了男孩，可最终还是因为证据不足不了了之。然而事情并没有就此结束，对于外婆而言，不甘沉默的代价是这件事情在学校里尽人皆知。一开始她很欣慰丈夫能在身边安慰她，可是后来随着时间的推移，对方总是有意无意地引发争吵，再后来丈夫回家的次数越来越少，终于在一次剧烈的争吵后彻底地离开了她。

我以为这已经是外婆命运的谷底，可往后翻才发现这只是厄运的开始。学校用各种理由将她调离重要岗位，让她根本无事可做，紧接着以工作能力不足为由辞退了她。外婆，一个单身母亲，带着女儿开始了自己人生的后半程。名誉的受损堵死了她当老师的路，为了生活，她不得不去找一些糊口的工作，而这一切都将她推向了漫无尽头的底层生活，她的世界里不再有学生，不再有课堂，不再有书香，取而代之的是为了生存没日没夜的拼命和为了自保时时刻刻的挣扎。

堕入底层的外婆像是雏鸟落进了鬣狗群，周遭邪恶的男人像鬣狗一样骚扰她、嘲笑她，恐吓她，试图从她身上占到便宜，而在毫无选择的处境当中，为了年幼待哺的孩子，她只能忍受一切的折磨，咬着牙挨过一天又一天。在艰辛的生活中，日记似乎成为她唯一的、能够让意志自由驰骋的疆土，写日记也是唯一的能让她得以喘息、与自我相处的时刻。绝望—努力—更绝望—更努力，她像是在地狱的深渊里与魔鬼赛跑，不管多么努力，依然置身于底层，依然与肮脏的厄运如影随形。

触摸着这一本本的日记，太多页的纸张字迹模糊，布满了凹凸不平的泪痕，看着她身上发生的事，我泪流不止，泪水在日记本上隔空交融，那一刻的我恨着她的恨，痛着她的痛，祈祷着她未来的人生。我不断地向后翻，希望从某一页开始能看到生活的好转，然而底层的人生，无非是从一种沉沦辗转到另一种沉沦。35 岁那天的她似乎已经精疲力竭，没有庆祝，没有期待，那一页的日记上，孤零零地只留下了一句话："假如生活欺骗了你……"我把这一页抱在胸前，禁不住泪流满面。

外婆几乎参与了我的全部人生，可我竟然从来都不了解她，当我有了解她的机会，她却已经离开了这个世界。她一次又一次为了生存变换着工作，一次又一次地为了生存忍受着羞辱，比生活更让她痛苦的，是这份羞辱也日复一日地浸染着她的女儿。她像是一只受伤的母狮，顾不得自己的伤口，拼命地舔舐着心爱的孩子，可孩子恨母亲带来的这份羞辱，一次又一次撕扯着母亲的伤口，这让她内外交困，身心俱疲。

时间走到了 40 岁的生日，这天她在日记上写道："终于摆脱了那些恶心的骚扰，有的女人认为美丽是天堂，可美丽生错了地方，就是地狱的模样。"我再一次端详着那张照片，眼角、眉梢、秀发、纤腰，上帝为她收集了每一处美丽，而美丽回馈给她的，则是永恒的心碎。

搬家的这些天里，我除了陆续整理东西，就是不停地翻看外婆的日记。年轻的时候人总是心怀希望，觉得从某一天开始生命就会彻底不同，但是在普通人的生活里，生命又会有多大的不同呢？那些猝然发生的，往往不是彩蛋，而是再也攀不回来的深渊。29 岁是外婆人生的转折点，从这天开始，人生变了天气，每一天都是滂沱大雨，都说风雨之后有彩虹，可这并不是外婆的人生，她从一个体面的教师成为一个漂泊的打工者，余下的生命彻底地淹没在了阴影当中。而她的女儿、我的母亲在这份阴影中逐渐长大成人，她为什么要成为教师呢？我很难理解母亲的选择。

然而，比母亲的命运更让我困扰的，是我自己。后来的日记里，外婆反复提到母亲结婚多年都生不出孩子，还因为这件事情而饱尝压力。我心想，生孩子哪是那么容易的事，等到我出生那年一切都会好的，于是很热切地翻到我的生日那页，我想那天外婆一定会写点什么，她会兴奋？感动？失望？我假设着各种各样的心情，可是翻到那一页居然并没有什么特别的。她只写了那一天一直下雨，她白天工作，晚上看书，一切如常。难道我就那么不重要吗？我的出生都不值得记录寥寥几笔？我不甘心，开始一页一页地往后翻，可是任何一页都没有关于我的内容，更让我意外的是，外婆日记中的母亲依然为了生孩子的事发愁。

直到半年后的一天，外婆这样写道：

今天，迎来了一个小女孩。女儿这些年不容易，终于得偿所愿。虽有遗憾，但也算有了自己的孩子。

小女孩很漂亮，细长的眼睛，长长的四肢，虽然还不怎么会说话，但眼神看起来很机灵。希望她健健康康，可以陪他们俩到老。

这不是我的生日啊，怎么可能？我心中升起了一个巨大的问号。可是我还是不愿意多想，于是迫不及待地翻到弟弟的生日，发现母亲在那天确实诞下一个男孩。那一刻，我的脑中轰然空白。“为什么？”我突然间意识到：一个我万千次诅咒过的事情似乎早就是现实。一股凉意从脊背窜到头顶，心跳声震耳欲聋：“不可能……不可能……”我曾经无数次想象过这个可能，可当真相摆在面前，又是那么难以置信。

第三节

日期：3 月 12 日

无数次幻想，这世界上的某个角落有我的亲生父母，可如今，那些天真的幻想成了现实。

我曾经以为，如果是这样我会开心很多，可在真相展开的瞬间，却是一种从未体验过的冰冷与虚空。突然间，我成为一个没有来处的人，对于曾经各种回忆的情绪，都不得不以一种全新的身份重构。

人的思想有点像莫比乌斯环，当身份转换，你看问题的视角也滑入了另一个面。曾经那些愤懑的、求而不得的，突然变得释然；而那些本以为属于我的，又少了许多理所当然。

“父亲”“母亲”从某种执念式的存在突然成为一种稀薄的身份，突然间让我明白，过去如此执迷于与他们的关系，何尝不是一种枷锁。执迷消失的片刻，我获得了一种巨大的解脱。

第四节

人是自由的，是懦夫把自己变成懦夫，是英雄把自己变成英雄。

——萨特

关于新身份的接受速度完全在我的意料之外，情绪猛然进入巅峰，接着又突然停止。不知道是从哪一刻起，我的身体里长出了无条件接受现实的能力。也许是因为那天海滩上的意外之举，直到现在我都不知道我做的到底是对是错，但它就是那样发生了。发生的事情告诉我，这世界除了生死，一切都没什么大不了。

家里还有一大摞沉甸甸的日记，想必还有很多我不知道的秘密，我决定在搬家之前把剩下的部分看完。

母亲工作之后，外婆终于可以松口气，而她的灵魂也逐渐从命运的泥沼中拔地而起。

年复一年，生活变得稳定，外婆也有了越来越多的时间读书，日记中不再充斥着对于生存的挣扎，而是逐渐脱离了生存，进入了对各种思想的讨论。她像是在庸常沉闷的生活中给自己撕开了一扇窗：纵身跳下，无人知晓，乐在其中。看着她每一天在日记中津津有味地思考，你会觉得如果精神世界也有地理定位，那么她早已离开了虫岛。在她的日记中，我很惊讶她对哲学和社会学有如此多的认识，她甚至是一个马克思主义的深入研究者，但是她几乎从未与我讨论过这些，我想，这也许是一种对我的保护，她不希望我与我生存的世界格格不入。或许她认为：相比一辈子不靠近真理，靠近真理又无法实践才是真的痛苦。

直到外婆去世，她在所有人眼里都是一个胸无大志、肥肥胖胖甚至有些胆小害羞的老妇人。她像是用那种愚笨的肉体把真实的灵魂稳妥地藏了起来，她不愿意让别人注意到她，她只想把自己的灵魂安排在方寸之间，与这世界上无限的真理对话。她的肉体与她的灵魂，像是进行着一场无人知晓的双城记。每个清晨，那个平庸而笨重的她走出家门，参与着一个看似真实，实则虚空的世俗世界；每个夜晚，那个博学而深邃的她回到卧室，畅享着一个看似虚空、实则真实的精神世界。没有哪个虫岛人看得出，她在方寸之间独享的是整个虫岛最为富足的宫殿。这种富足无人知晓，更无须证明，如同雅图所说的“如人饮水，冷暖自知”。外婆摒弃了那些虚无的概念与追求，给了自己最自由的放逐。

看到外婆日复一日地不断地深入一种真正属于自己的生活，我不禁为她感到欣慰。在她肉体最美丽的日子里，她并不曾拥有最美丽的人生，但当那副肉体被摧残殆尽之后，她反而进入了一种毫无负担的迷人之境。生命的美学就是如此，当我们的肉体有青春之美的时候，灵魂却脆弱而干瘪，当我们的肉体变得脆弱而干瘪时，灵魂才徐徐展开它丰富的画卷。

然而，与大多数人一样，她的自我接纳之旅也是渐进的。在绝经的那天她写道：“终于不用做一个女人了，没有了这份负担，我感到好轻松。”这句话让我感到窒息。是因为作为一个女人，才不得不承受这么多痛苦，还是因为承受了这么多痛苦，才让她变得不想做一个女人？虽然她拥有了精神上的自由，可似乎性别带来的痛苦阴影并没有从她的世界当中彻底清除。

这样的状态持续到了她人生的倒数第五年。70岁生日那天，她在日记上写道："我的勇气来得太晚，不过，它还是来了。"那天之后，她做出了一个很意外的举措，那就是成为一个关注女性生存的撰稿人。对于她做出的这样一个决定，我感到意外，但她在过去积累的那些精神资源又告诉我，这是一种必然。当经历与阅读让你变得如此丰富，必然有一天，你会像火山一样，将积蓄多年的能量喷涌而出。从那一年开始，她逐渐在各大杂志和网站上发表自己的见解，而她的笔名就叫作飞翔的毛毛虫。我崇拜她多年，却并不知道，我们之间只有一扇门的距离。

这五年里，她似乎放弃了那些曾经固守了几十年的想法，开始在各大网络上展示自己的才华。她关注的是真正意义上的女性生存问题，她探讨社会财富分化如何影响着大多数女性的人生决策；她探讨虫岛的传统语言结构如何影响女性的自我认同；她探讨社会如何给底层女性创造更多的生存空隙；她探讨社会对女性贞操的大力保护是否反而加剧了对女性的压迫；她探讨婚姻制度的存在对女性的社会地位到底发挥了怎样的作用；她甚至会抨击那些表面为女权主义实则为自己谋利敛财的虚假面孔。探讨面之广、思维之深都让我叹为观止，那些文字时而像涓涓细流，透露出一种温暖的人文主义关怀；时而像冷锐的刀锋，对这个社会切毒挖脓。虽然我们共处一室，她已垂垂暮年，可她争分夺秒地成为一个勇敢的战士；而我，年轻有力，却一步步沦为一个胆小麻木的蠕虫。

看着外婆的日记，我时而落泪，时而钦佩，外婆不再像是那个外婆，而是一个多棱多面、在时光中不断燃烧着的星辰。而我，是多么幸运，跨越了时光去重新剖解那些我出生时就已经尘埃落定了的人生。我迟迟不愿意翻到最后一页，因为我好怕，我好怕就这样过完她的一生。我参与了她的青春、她的苦痛、她的挣扎、她的艰辛、她的觉醒，我多么希望她人生的最后 5 年不要结束啊，我多么希望在这些滚烫的人生碎片之间插入美好的剧情，可是人啊，是时间的奴隶，面对过去永远是那么无能为力。当死神宣判了她的归期之后，她似乎并不感到害怕，也许人生的折磨太多，以至于死亡并不是什么值得大惊小怪的事吧。随着病情越来越严重，她写得越来越少，直到最后一页，只有一句话：

我的自由，与世界无关。

我泪流满面，不断地向后翻，希望出现奇迹般的下一页，可眼前除了空白还是空白。我伤心不已，从第一页到现在，像是我亲手将她推向了尽头。眼前如山的日记是无尽的唏嘘，一个人在一生中有过如此之多的梦想与悲喜，可在别人看来她却是如此平凡，平凡到压缩在几十本日记之中。如果一个人死了却没有留下任何记录，那么与他最后一口气同时殒去的，是他毕生赖以生存的真相。

我摩挲着笔记本，突然发现笔记本的背面贴着一封信，怎么会有信？我迫不及待地拆开。

梨子：

当你看到这封信的时候，恐怕我已经不在了吧。不过，也许你已经看过了我的日记，重新和我一起过了我的一辈子。

人在年轻的时候，总是不觉得人生短暂，在那些痛苦的日子里，甚至会觉得人生太长。可是如果像我一样，在垂暮之年才觉醒，一定会意识到人生的宝贵。可是没有办法，这条路只有这么长，我只能走到这里了。不过我想，人生就像一条河，时而清澈时而浑浊，裹挟着我们所有的苦乐涌向远方的尽头，生命的终结也有可能是另一个层面的永生，我们汇入了宇宙的大海，完成了宇宙的意志，让生命以消失的方式达成了永恒。所以，通向永恒的路又有什么好怕的呢？

珍惜人生的时光，不要缩手缩脚，勇敢地做你自己吧，我的孩子。

第五节

外婆的信里除了信，还有一张字条，嘱咐我把这些年的稿费取出，她决定都留给我。我整理好外婆的日记、字条、稿费合同一并带去母亲家，告诉了母亲外婆的秘密，而且，我决定放弃外婆留给我的一切，把它们还给母亲。

翻看那一摞摞的日记和稿费合同，母亲无比震惊，抑制不住地恸哭起来，那哭声尖锐凄凉，比外婆去世时更为真挚绝望。

"妈，这些都给你。"

"外婆给你的，你真的不要了吗？"母亲抑制不住地抽噎着。

"你们给我的已经够多了。"第一次，我看着母亲的眼睛，能自在感恩地笑着。

母亲眼眶又红了，泪珠大颗大颗地落了下来。我鼓起勇气，平生第一次主动抱了她。

"梨子，有时候，人没有办法选择自己的命运，这不是谁的错。"

我点了点头。

"但我们会把它们当作错误，惩罚别人，惩罚自己。"

"是的，妈妈，我也是刚刚明白这一点。"

听到这句话，母亲抱紧了我，伏在我肩上痛哭起来。

“妈，你要好好的。你看外婆最后的日记，她离开的时候是心满意足的。”

母亲点了点头，泪水如瀑布一般。

我紧紧地抱住她：“妈妈，谢谢你，我走了。”

“你去哪里？”

“我？去冲浪。”

我开着车，拭去脸庞的泪痕，像是卸去了半生的重壳，游走在公路上一身轻盈。

第六节

驶向公寓的路上又一次路过了虫岛大厦，拉琪的宣传视频不停地轮播，对面的海马体咖啡馆依然人头攒动，一切都像是从未过去，也像是从未发生。我突然想起我在办公室暗室里的那座雕像。我该让谁把它带过去呢？想来想去，我拨通了 Cici 的电话。

“Cici，我是梨子。”

“哦，梨子……”Cici 显然有些意外。

“嗯。”

“有什么事吗？”

“你去参加林黛丝的婚礼吗？”

“会去。”

“之前我跟她说要送她结婚礼物，但是那天我有事去不了了，你能帮我拿过去吗？”

“哦……礼物啊。”电话那头明显松了口气，“当然可以啊！”

“谢谢 Cici，麻烦你了。”

“太客气……梨子……你还好吗？”

“还好。”

“好久没见了。”

“是呢，以前可是每天并肩战斗呢。”

“是啊。”Cici 沉默半晌，突然说道，“有空我请你喝点东西。”

“今天天气不错。”

“好……我找地址。”

鬼使神差地，我促成了这次见面。其实我很想知道时隔这么久，她到底怎么看待过去发生的一切。

晚上我们约在公司附近的酒吧，Cici 姗姗来迟。没想到的是，一年时间，她的脸像是土豆田换了玫瑰园。曾经的那张脸因为生活的重担早已被挖空了营养，只剩下凹凸无序的憔悴不堪，而这次见到她，整个脸仿佛充满了水的胶气球，每个点都发着光，散发出一种并不真诚的年轻感，至于身材更是枯甘蔗化身葫芦瓶，她所过之处，男人都不免多看两眼。

一套大工程做下来想必花了不少钱，我很诧异一向节俭的她竟然会这么做，如果不是出现在约定好的位置，我一定认不出她是 Cici。

“梨子，好久不见，太想你了！” Cici 拍拍我的肩膀坐了下来，手掌很有力量，比曾经多了不少自在。

“看你做得很不错呢，真替你开心！”

“哪有，没有你，好多事情我都做不来。”

“可太谦虚了，你是很有能力的，公司早就应该看到你的能力。”

“嗨，运气而已。哎？你怎么想起送林黛丝结婚礼物的？”

“哦，我们遇到了，然后谈到这个事，我就说送她一份礼物，不过我最近正好要出趟远门，所以想委托你帮忙。这是我办公室的钥匙，礼物是个雕像，放在房间暗室的柜子里，个头儿不算小，到时候恐怕得给你添麻烦了。”

“真是没想到……” Cici 把钥匙装进了包里，意味深长地笑了笑。

“结婚嘛，肯定要有点祝福，我总不能揪着过去不放，也算是让自己对过去告一段落。你呢，什么时候好事将近？”

“哪有，你看我像要结婚的人吗？”

“不会吧，我记得之前就有个很不错的男生围着你转，追你很久了吧？”

“九年。”

“九年？”这个数字着实让我感到意外，“这么久了你怎么不答应他？”

“呵，和穷人过日子，你不怕吗？”

我不置可否。

“说真的，女人还是应当清醒得早一点。以前我年少无知，以为我只是缺爱，所以没有拒绝他。可如今这世道，没有钱要爱有什么用？不能让你升官发财，不能让你的孩子上更好的学校，更不能让你当饭吃。我要他做什么呢？”说罢她叹了口气，吞下一大口酒。

我讶异于她的直接，曾经的她在我面前多半时候都是谨言慎行的，以至于我从未发现她如此实际的一面。

“Cici，感觉你变了。”

她似乎并不在意我的诧异，苦笑着摇摇头：“我说得没错。”

我点点头：“所以你们不在一起？”

“在不在一起都是一样的，早晚会出轨的。”她没有直接回答我。

“那还是不在一起比较清爽。你现在是越来越美了，除了他，池子里肯定有不少大鱼吧？”

“是，生活好多了。喝饮料有人拧瓶盖，上飞机有人拎箱子，男人见了你从假装不认识变得似曾相识，一切待遇都因为你换了一张脸。”

“哈，男人嘛，脑子长在裤裆里，认真不得。话说霸道女 boss 以后还有升职计划吗？”

“没有。”

“没计划？这不像你啊。”

“计划只是拿给别人看的，很多事情靠计划没用的。”

“怎么会没用呢？”

“我算是看明白了，穷人想靠努力翻身，只会任人榨干你的最后一滴血，穷人只能靠赌，赌赢了你就得到一切；如果赌输了……不过和以前一样，生不如死罢了。”Cici 又吞下一杯酒，桌上的两瓶酒转眼已经见底。

“你现在这么好，不要太悲观了。”

Cici 沉默了，抱着头安静良久。像是在想该怎么跟我说，也像是酒精开始发挥作用，她突然抬起头，脸上两行泪痕：

“如果你的母亲得了死不了的绝症，而你的父亲又是个没用的货，你就不会这么想了。在这个世界上我只活半条命，另外半条早就搭在他们身上了，我从小就羡慕那些阳春白雪一样的傻女孩，她们傻着就能享受幸福。而我呢，即便是机关算尽也只是这辈子少些苦涩罢了。”

听到机关算尽，我心里一阵紧张：“在虫岛活着就是这么难，不要对自己太苛刻。”

Cici 没有理会我，自顾自地又说了起来：“不瞒你说，我有时候会想，为什么老天还让他们活着。”

“活着？难道你希望他们……”

Cici 叹了口气：“不是你想的那样。他们是我的亲人，我当然希望他们活着。可是你知道吗，老天让他们生不如死，他们活着的每一天不是为了目标，不是为了享受，而是为了忍耐新一天的煎熬，那还活着做什么呢？在上帝的游戏机里玩自取其辱的游戏吗？”Cici 摇摇头，低声抽噎起来。

我不知道该说些什么，只能坐在一旁看着她哭，哭着哭着，她抱住了我，似乎想对我说些什么，但只是大声地呜咽着：“狄森屏是个垃圾男人，离开他对你挺好的，真的，你能离开他……真的，运气……”接着她又开始碎碎念，开始回忆我这些年教会了她什么，没有我的这些日子里她是多么难过。那些她对我做过的事似乎早已被她选择性忘记了，涕泪横流的倾诉中尽是对我的感恩。眼前的 Cici 突然让我觉得：人们哭泣时的理由大多是不纯粹的。

强烈的情绪和酒精很快让 Cici 几乎不省人事，只能靠我送她回家，走进她家的那一刻，我才算真正理解了她的命运。

我们走进一个充满了屎尿气味的街区，一进家门就闻到了一阵腐败般的恶臭，那是一种人正在死亡的味道。Cici 的母亲几乎半裸着躺在床上，布满青筋的胸部如同两摊发霉的剩饭，而身上的褥疮散发出刺鼻的气味。而他的父亲靠在床的另一边刷着视频并不理会，在我经过时只是用一种奇怪的眼神瞪了我一眼。我感到可怖极了，努力把她扛进了卧室。

打开卧室的那一瞬间，我被房间里扑面而来的荣誉震撼了。Cici 从小到大得过的所有奖项，竟然密密麻麻地填满了整个房间。墙壁上，是各式各样的证书以及获奖时候的纪念照，柜子里是琳琅满目的奖杯以及各种翻到打卷的学习资料。想起曾经的自己是多么喜欢反复翻看获奖的照片，我能理解这一切对于她的意义。我扶 Cici 上了床，她很快就昏睡过去。我一个人站在房间里打量着眼前的一切，看到了一个从不了解的 Cici。Cici 远比我以为的更努力、更优秀，仅在学生时代，她几乎每年都能拿到数一数二的奖学金，而在她拼命工作的这些年里也完全没有喘息，几乎考了一切可以证明自己水平的证书。大大小小的各种荣誉与证书竟然落在这样一个贫民窟，挤在这样一个黝黑逼仄的房间里。在靠床的墙壁上，有一张巨大的照片，学生时代的 Cici 留着齐耳短发，稚气的刘海下面是一双澄澈的大眼睛，笑起来满脸都是胶原蛋白，她手中捧着杰出学子的奖杯，获奖的眼神羞怯又充满了希望。我是第一次如此认真地凝视她的眼睛，这双眼睛中有着她后来彻底失去的东西，那是一种光，不知道从哪一天开始逐渐湮灭，直到她成为今天的Cici。这不是一个贫民窟里的普通房间，而是一个由荣誉和希望堆砌的堡垒。它替这个女孩对抗着人生而不公的绝望与愤怒，保护着一个底层女孩接近三十年来不堪忍受的卑微。我坐在Cici窄小的床头，听着她轻微的鼾声，突然看到床头和墙壁之间有一行小字："当我们脏时爱我们，别在我们干净时爱我们。干净的时候人人都爱我们。"这行字用铅笔写下，虽然颜色已经变得很浅，但是墙上依然留下了刀刻般的凹痕。看着这行字，看着这个屋子，我不禁泪流不止，就算是曾经的恩怨也无法消解此刻我一厢情愿的伤感。这是一个多么拼命的Cici啊，可所有的优秀都不及把良心放在肮脏的祭坛上更能换来好的生活。这一刻我是多么沮丧，这一刻我真正理解了什么叫作没有答案的生活。

第七节

日记还给母亲，礼物找到代送人，关于分离的一切都安排妥当，我决定只带少量的东西离开。离开家之前，我又一次蜷缩在那最熟悉不过的衣柜里，想要体会曾经无限迷恋的、方寸之间的无限自由。可是不管我多么努力，竟再也找不到那个地方，曾经的那种感受消失了，仿佛与这个屋子一同离我而去，黑暗中的我惘然若失，但又觉得莫名解脱。我从衣柜中走出，最后一次打量这个房间，带着不多的行李驶向黑鲨滩。

黑鲨滩的公寓里，没有朋友，没有事业，没有家人，没有那么多眼花缭乱的观念，似乎像是一种人们嗤之以鼻的孤独生活，如果是曾经的我，一定会慌张不堪，可如今我只感到彻底的放松，那是一种更加靠近生命的真实。每天我都会在海上待一阵子，疲惫了之后躺在沙滩上，默默消化这些天得到的一切，然而更多的时候，我什么也不想，在海水拍击沙滩的声音中睡去。我终于觉得，孤独是如此自在的事。当有一天你突然发现，自己不被亲情捆绑，不被观念束缚，没有目的限定，像第一次来到这个世界上一样，充满好奇地观想世界的无限，就会明白这是多么广阔而自由的感受。虽然人们常常渴望这个世界爱自己，可如果你忘我地牺牲于自己想要的生活，那你就得到了这个世界全部的爱。

日期：3 月 17 日

我不再想无止境地追求所谓的意义，活着本就是虚无，唯有当下是稍纵即逝的真实。可人们为了对抗虚无，编造出意义的概念，人们相爱、受苦、成长、忍耐、成功、失败，世间所有事都以意义的名义交代，可用意义归纳人生的一切何尝不是一种更大的虚无。

如果人生必须要有智慧，那么没有智慧的人的人生无意义；

如果人生必须要有成功，那么没有成功的人的人生无意义；

如果人生必须要有爱情，那么没有爱情的人的人生无意义；

如果人生必须要有子女，那么没有子女的人的人生无意义；

如果人生必须要有追求，那么没有追求的人的人生无意义……

所以意义到底是什么？一场观念的大型骗局。

我们编造了太多的观念以确认自己活着的理由，却又在对观念的追逐中，忽略了自己正在活着。此时此刻，我只想远离人类文明的羁绊，回归自然主义的生存，我真正想要的，无非是一颗原始自由的灵魂。在那样的世界里，不再有观念引导我喜欢什么、讨厌什么，追求什么、放弃什么，努力什么、倦怠什么，这一切的一切都是观念的暴政。我只想回归自然的意志，成为它真实自由的一部分。

这些天里，去不去佛岛的事情萦绕于心，但答案日渐浮上水面。我靠着佛岛对我的影响，有了如今的勇气与意志，但这种勇气与意志并不应当成为我选择佛岛的诱饵，不断追求某种理性的光辉，何尝不是一个文明人的虚荣。我想要的生活，就好像一朵花、一棵树，并不需要为了谁改变什么，而是在存在中存在，在自由中自由。

曾经想要去鱼岛，可我怕不知如何抵达，我怕抵达后见不到伊鸠，我怕孤单一人无力应对全新的世界。但如今我终于明白，纯粹的人生并不需要那么多，不需要谁给我肯定，不需要谁给我认可，不需要谁给我依靠，当我不再需要这一切，我才有力量捍卫一个完整而自由的灵魂。就如外婆所留下的那句话：我的自由，与世界无关。

我要上船，我要上岸，我要在那虚无缥缈的航程中体验再也回不去的濒死体验。

第八节

为了知道伊鸠如何去的鱼岛，我去见了所有认识伊鸠的人，但是没有人知道伊鸠为什么离开，更不知道伊鸠怎么去的鱼岛。我依然不断翻看伊鸠寄给我的信件和册子，想从里面找出他如何去鱼岛的蛛丝马迹，但是来来回回根本找不出头绪。后来我想，既然他是坐船去鱼岛的，那么出发点一定在海岸附近，所以我每天都会去海边找新来的陌生面孔搭讪，问他们是否有人见过一条去鱼岛的船，但几乎所有人都是一脸愕然，没有人能告诉我答案。但我没有放弃，既然这条船无人知晓，那很有可能是夜晚发出的，所以我开始每天晚上去海边寻找，试图找到一只突然停靠的异乡船，但是依然没有见到，也没有人知道有这样一条船。终于在一个漆黑的夜里，我已经决定打道回府的时候，眼前出现一个走路慢悠悠的老人，他背着一条巨大的鱼，在海滩上一摇一摆地向我的方向走来。他看起来是那么苍老，眼神却依然倔强，一种莫名的信任涌上我的心头：这样一位老者想必对过去的奇人异事能知晓一二吧，于是我冲上前去。

“老先生，请问您有没有听说过这附近有一条去鱼岛的船？”

“你找它做什么？”老人用狐疑的眼神看着我。

“我想去鱼岛。”我感觉他的眼神像是知道些什么。

“你想去那里？”

“对，您知道？”

“那你最好不是一时兴起。”

“当然不是，我是想好了的。”

“那里确实是个好地方，去了的人想必不会后悔，但那里有食人族，很多人再也不会回来。”

“那……您知道怎么去吗？”

“就在这片海滩上。”

“可是是什么时候呢？我在海滩上这么久，从没有见过那条船。”

老人没有理会我的问题：“那帮人不好对付，他们只选择自认为适合的人。”

“我是说，什么时候才能见到那条船？”

“碰运气。”

老人不再回答我，自顾自地向前走去，我在他身后再三询问，但他再也不回答，只顾着沉默向前。

看着老人的背影，我有些失落。这到底算是答案吗？我还是不知道怎么去鱼岛。我必须尽快找到去鱼岛的方法，可以等一周两周，一个月两个月，可如果太久不工作而被敬业警察找到，就必须被送到敬业所治疗，我就再也不可能找机会去鱼岛了。老人说的食人族也让我十分意外，一想到他们身披浓毛、獠牙沾血的样子就十分可怕。伊鸠这么久都联系不到，难道是……这个可怕的可能我不敢再想下去，我只希望他一切安好，只不过去了另一个地方。

第九节

时间兜兜转转走到了 3 月 27 日。一大早醒来，我的手机上弹出一条新闻：有渔船在海上打捞出一具早已面目全非的尸体，警方经过 DNA 比对后发现是他们一直在追踪的强奸犯，该强奸犯从敬业所中出逃，然后开启了连环强奸生涯。他每次都是先奸后杀，虫岛上记录在案的已经有五名女性受害者，但是警方一直没有抓到他。虽然找到他的尸体让遇害者家属松了一口气，但是警方依然在寻找其死亡原因。

我愈加感到虫岛不能久留，可老人说的话不仅没有告诉我答案，还让我徒增困惑。如果我最终找不到鱼岛，只有去佛岛才是更稳妥的选择，可是还有四天去佛岛的通道就要关闭了，如果留在那里，不知何时才能去鱼岛。我又一次陷入了两难之中。但佛岛关闭的时间近在眼前，我必须去一趟佛岛，与马可和雅图好好道个别。

想到去佛岛告别，我彻夜未眠，本打算一早出发，但在天空蒙蒙亮的时候，一种不安感驱使着我开始整理行李，那种权衡利弊的算计感阔别已久后再次出现，让我心生慌乱。

熟悉的时间，熟悉的地点，我再一次踏进电梯，再一次踏上佛岛，再一次踏进√7。我一进去就开始喊马可的名字，可是却无人回应，我走进雅图的客厅，发现里面空无一人。

“佛先生，马可！你们在吗？”我很疑惑他们去了哪里，在楼里反复喊着，可是却无人回应。

我在√7来回游走，突然嗅到了一丝异样的感受，这里的味道似乎与过去不同，感觉很长时间都没有人待过了，散发出一种孤独的木质气息。我很担心他们发生了什么不好的事，就一层一层地找，然后一层一层地失望。我再一次爬上那个旋转楼梯，进入了曾经去过的藏书馆，那些先哲们日夜辩论的地方，希望他们在某个书架的后面突然转身对我说：“梨子，我在这里。”可是，我在里面来来回回，依旧没有找到他们。

就这样，我在√7一直等待着他们，连续三天，但没有人回来。

转眼时间到了3月31日，过了这一天，我就再也回不到虫岛了，我依然抱着一丝希望，希望他们能在下一刻出现，可是从白天等到傍晚，房间里依然是一片寂静。夕阳过后，窗外的海水颜色渐深，在墨蓝色天空的映衬下近乎黑色，而黑色的水面上升起一轮巨大的圆月，圆月的下面，几只小船晃晃悠悠地驶来。

“月圆之夜，月神吐纳芳踪，乌浪行船，自由人登岛毗邻……”此情此景，我不禁念出了伊鸠的这首诗。突然，我身体一阵冷战：“月圆之夜？乌浪行船？登岛毗邻？这是……难道……”我脑子中疯狂地翻转着这几个词，心中有一种异样的感觉。看着天上硕大的明月，我突然意识到，今晚就是去鱼岛的时间，一种强烈的非理性的力量灼烧着我。看着窗外的月亮不断升高，我意识到时间有限，必须为这个突然迸发的答案冒险。我飞快地留下一张字条，告诉雅图与马可我要去鱼岛了。伴随着不断爬升的明月，我飞速冲向去虫岛的通道。

回程的途中，我突然想起人脑研究所的那些虫岛人，如果错过了今天，他们再也不会有机会回到虫岛了。时间不等人，我飞快地冲进人脑研究所，拉响了烟火警报，站在中间对他们喊：“你们醒醒啊！你们不知道吗？你们一直活在幻觉中啊！今天是回到虫岛的唯一机会，回到现实中的唯一机会！”他们被警报声惊得一个个坐了起来，但他们似乎并不关心我说了什么，有些人痴痴地笑着，有些人说我精神出现了问题，更多的人不耐烦地喊着“滚”。没过多久，所有人都躺了回去，自然而然地回到原有的剧情。没有人认为我才是真实的人，他们只不过以为自己在精彩的生命中偶尔做了一个恼人的噩梦。我一个人立在中间看着管理员自得的微笑，突然间意识到自己的冲动是多么可笑，只好在一片鄙夷中黯然离开。

走在通向电梯的路上，我突然想起了那天在乞室中看到的那段话：

你不接过人们的自由，却反而给他们增加些自由，使人们的精神世界永远承受着自由的折磨。你希望人们能自由地爱，使他们受你的诱惑和俘虏而自由地追随着你。取代严峻的古代法律，改为从此由人根据自由的意志来自行决定什么是善、什么是恶，只能用你的形象作为自己的指导——但是难道你没有想到，一旦对于像自由选择那样可怕的负担感到苦恼时，他最终也会抛弃你的形象和你的真理，甚至会提出反驳吗？

越想越觉得自己可笑。我打量着偶尔经过的佛岛人，他们温和而理性，可以看得出他们是这个世界上最聪明的一群人，他们高度认同自己是人类文明的代言，他们将虫岛人关在地下，试图建设一个脱离了劣根性的人类文明。但是这种分别心难道不是一种劣根性吗？表面上，佛岛是一个代表着理性智慧的乌托邦，可是在地下，是无穷无尽的绝望之人的狂欢，仿佛是精神操控的集中营。他们始终以优化人类族群作为选择人进入的标准，这又何尝不是一种功利主义呢？只不过虫岛的功利主义包裹在金钱之中，佛岛的功利主义包裹在对人类命运的选择之中。一颗自由原始的灵魂，想要的是原始的自由地，而不是以智性为名义的集中营。

我从电梯里走出，依然是灯火通明如同海螺般的虫岛大厦。想到这里可能再也不会有属于我的故事，是一种失落与兴奋共同掺杂的快乐。我开车冲向黑鲨滩，路过外婆家的时候短暂停留。突然，一只黑猫不知从何处蹿了出来，它转头看了看我，眼睛发出荧绿的光，紧接着消失在夜色里。一片黑暗中，外婆家的灯突然间点亮，陌生的身影在里面来回徘徊。

“过去的我就留在这里吧。”我转身离去，再不回头。

第十节

存在是永恒的；

因为生命的宝藏保存在许多定律中，而宇宙从这些宝藏中汲取着美。

——歌德

离开外婆家，我几乎是飞着奔向黑鲨滩。到了海滩，我沿着海岸线一直跑，似乎没有发现任何新停靠的船，但我很坚信自己的判断，朝着月亮的方向一直跑着，没想到在同样的地方又遇到了那个老人。他没有对我说话，只是默默地向后指着一个方向，我想他指的一定是船的方向，顿时兴奋极了，拼命地飞奔向前，终于看到一个绿色的光点，下面隐隐约约是一艘小船。我向船近处走过去，发现竟然已经有二三十个人在那里等待了。

不一会儿，船长走了出来。他瘦削而高大，像是一只人形的骆驼，窄长的脸被一对深邃细长的眼睛劈成两半，驼峰鼻插在一对起飞的八字胡上面，看起来严肃坚毅。他双眼粗扫一遍人群开始发话："朋友们，每次只有 10 个人的名额，我们只会带适合的人走，没有适合的，我们宁可空船。现在，我要问问大家为什么想去鱼岛。"

这时人群中开始有些声响，大家开始自发地排起了长队，准备逐个接受船长的"盘问"。这时我才发现，想去鱼岛的什么人都有。有的很年轻，似乎还没有经过什么社会的蹂躏；有的已经是步履蹒跚的老人，满面沟壑流淌着沧桑；有的人舒展得好像刚熨过的羊绒毯子，过往的日子多半养尊处优；有的人虽然仅是中年，但是背部已经开始弯驼，像是用尽全力扛起自己的脑袋。似乎每个人都有一肚囊自己的故事，所以才会选择半夜三更登上一条陌生的船，去往一个陌生的地方。

“孩子！你多大了，为什么想去鱼岛？”船长问他眼前那个十六七岁的少年。

“我17岁了，从记事起父母就让我不停地学这学那，说是为长大做准备，如果学不会就会没饭吃，这让我厌倦长大，我怕长成他们那个样子。”

“虫岛的父母很奇怪，小孩出生时，他们总说孩子是上天派来的天使，可是在抚养的过程中，又以爱的名义把他们培养成地地道道的凡夫俗子！”船长一脸的不解，继而转向男孩身后那个双眼渗出铁锈红、佝偻瘦削的中年男人，“你呢？”

男人嗫嚅半天：“我受够了，当个男人！”

“噢，先生，去鱼岛可不能让你变成一个女人。”

“你不觉得做一个男人很可怜吗？男人终身的使命就是一个捐精者、一个供养者。一个男人，组合一个家庭就为了传承自己的基因，可是我因此要没日没夜地干活，我要为太太活，为孩子活，活着还不算，我还要让他们有体面地生活，满足他们的一切虚荣和攀比。这一切都是当年那一粒精子犯下的错，我厌倦了！”

船长若有所思地点了点头，船长转向后面那个介于中年与老年之间的男人。男人衣服线条熨帖细腻，胡子精致得如同日式盆景，显然要比前面的那个男人过着更舒适的生活。

“哦，我想要人生的真相。很不幸，我很年轻的时候就已经拥有了别人想要的一切，金钱、美女、社会的羡慕眼光。但后面的日子可不好过，太多人打着爱我的名义寄生在我周围，只为了满足那些上不了台面的欲望，我没法假装自己是个穷人，也没法逃开他们，我已经离开真实的世界太久了。”

“女士，你这么大年龄真的打算要远航吗？”

一个约莫60来岁的女人顿了顿，扶了扶鼻梁上的金丝眼镜：“我一辈子为了孩子和老头子把自己耗成了一把干柴，老头子不爱我也罢，还经常下重手打骂我，长年的闷气让我得了癌症，我以为自己活不长了，可没想到那个大恶人死在了我前面。两个月前我竟然发现癌症痊愈了，我重生了！我决定找一个不需要费心的地方重新活一次。”

接着，船长把眼光挪向了一个全身文身、只围了一条布的男人。

“哦，该我了？去他妈的！”他将腰上的布条扔在了地上，“我厌倦了那些脱离了灵性的当代艺术，钢筋水泥早已抽干了人身上的灵性！我想回归简单生活，回到自然中去。”

我身旁女白领模样的女人看着我：“我先说吗？”

“你先说。”我冲她点点头。

“我没有结婚，也没有生孩子，而且也没办法再生孩子了，在虫岛，我不会有作为人的尊严，所以我要离开。”

我心中紧紧一抽，搂了搂这个女人的肩膀。

“那你呢，姑娘？”船长问我。

“我？寻找人类追逐文明时遗落的灵魂。”说话时，我看着船长的琥珀色眼睛，力图证明这句话在自己内心的真实性。

船长就这样一个又一个地发问，每一个人在决心离开他们的过去时，都有一个必须离开的理由，但船长只会让一部分人上船。大部分人只能用离开的心过着陈旧的生活，在貌合神离中延续后半生。

幸运的是，我被船长选中了。登船后，船长说道：“我们不欢迎逃避生活的人，他们并不是真的爱鱼岛，我们只欢迎追求自然主义生活的人，他们会在鱼岛上热爱自己的热爱。”

被选中的人登船之后，船舶缓缓地离开海岸，渐渐地驶入大洋之中，天空越来越亮，初升的太阳如同少女的乳头，从一个明亮的尖尖散发开来，弥漫出粉色的迷人光彩。在这样的天地间，你会沉浸于那种背叛过去的兴奋感与全然忘我的自由自在。在航程中，船长会拿出一箱没有注明名字的黑胶唱片，让每一个乘客自行抽取，聆听自己选出的音乐彩蛋。傍晚时分，我也抽了一个，是一首名为 *Slow Boat to China* 的曲子。“慢船去中国。”我笑了，回忆浮上心头。人们对于旅行的兴奋往往在于目的地，只有漫无目的的旅行才会真正地享受过程。

漂在茫茫大海上，关于虫岛的记忆不时在脑中浮现，我想起了一年前懦弱的自己，如今居然真的离开了虫岛。那时的我还不认识现在的我，不知道现在的我能有如此的勇气实现曾经的奢求。终日里汲汲营营的虫岛，恐怕没有人会在意一个女人的消失。如果某一天被人知晓，也许有的人认为我是一个懦弱的逃离者，有的人认为我是一个勇敢的越狱者，但这两者不过是尊严高低的区别罢了，概念而已，它们共同的真相是坚定地支持了自己。外婆的日记给了我最后的勇气，她用她平凡而跌宕起伏的一生告诉我，人生与别人无关，本就是一场自我对自我的救赎。

就这样，像是漫无目的地，我们在海上漂了好多天。又是一夜群星初上，船长开始给大家开香槟，庆祝我们即将抵达："每个人心中都有梦，不是吗？哈，最勇敢的莫过于去新的地方做新梦，而不是在旧梦上缝缝补补，这才是梦和现实的距离，嗯……是一种永不妥协的精神。"

我看着身边的老妇人："您会害怕陌生的旅程吗？"

"害怕？我已经死了大半辈子了，重新活着又有什么可怕？"老妇人仰头喝尽手中的酒，深深地呼了一口气，仿佛要吐尽半生的疲惫。

“年轻人，你以前是做什么的？我总觉得见过你。”那位穿着体面的老先生凑了过来。

“我以前？我以前在盖亚拳馆。”

“盖亚拳馆？就是那个失火的盖亚拳馆吗？”

“盖亚拳馆失火了？”

“你不知道？就在咱们出发前一天的夜里，火势很大，等到消防人员进入的时候，拳馆几乎已经全部烧毁了。”

“可是夜里拳馆不会有人在的，怎么会失火呢？”我对这场火灾感到意外。

“新闻里说，是一对男女在办公室的暗室里引发了火灾，好在两个人都逃了出来，不过女孩很不幸，男人出来了很久她才出来，出来的时候脸已经烧毁了。”

“Cici……”我脑中浮现了她那张刚刚年轻不久的脸，“她带着……”

突然一阵眩晕，船像是倒了过来，所有的意志瞬间瓦解。我像是一滴水纵身融进了海里，被一束强烈的光包裹着卷入了另一个世界。

一片无比宽阔的花海出现在我的眼前，但它们并不像是我在地球上见过的任何一种花，而像是以花的形态拼命涌向我的光之海。那些花形态各异又能彼此融合，它们颤动着、摇摆着、欢笑着从我身旁飞过，它们的身上是在地球上从未见过的颜色。犹如盲人睁眼看到了一百种颜色的彩虹，强烈的幸福感震撼着我。眼前的空间不断地发生着旋转和扭曲，我完全丧失了对时间的觉知。当我低头看自己时，发现我也成了一束光，其他的光束疯狂地涌向我，它们快乐地冲我打着招呼，热烈地爱我、欢迎我、拥抱我。那是一种我从未体验过的、无限的温柔与包容，它们会欢笑着融入我的身体，共同流动着成为更加绚丽的光。我欢快地向前飞舞着，好奇地触摸着眼前的花。当我触摸一朵花，自己也会变成花，成为它们的一分子，被它们热情地拥抱与亲吻。那是一种极度释放的感觉，没有压力，没有恐惧，甚至可以说我和世界之间的界限消弭了，界限的消失让我不再紧绷，而是陷入了无穷无尽的自由。

我没有双脚，却能飞速地向前奔跑，我看到前方很远的地方有一个巨大的穹顶，穹顶的前面是一条极宽的河。恐惧的感知好像从我体内消失了，我兴奋地像鸟儿一样飞向那条河，瞬间成为河的一部分。在河里，我像是一个气泡，飞快地涌动着，不断地与其他气泡融合，向前流动，不分你我。但是我很快发现，这条河并不是河，它更像是一种看起来像河的无穷能量，而我借着这种能量向穹顶飞去。

穹顶的下方有一道光不断地闪烁着，一种无比亲切的感觉诱惑着我，我朝它飞去。我们融为一体，快乐地旋转着，那是一种前所未有的包裹感，像是一双温热的大手，又像是饱含爱意的子宫，有着极为熟悉的体温和气味，让我确信那是我的初生之地。我看到了一对熟悉的男女，我们像是很久以前就认识，他们冲我笑着，似乎很满意地点着头。他们对我说："欢迎你回来，这是你出发的地方。"听到这句话，我突然变得很亮很亮，一种强烈的幸福自内而外地燃烧着。紧接着，我像是进入了另一双手，竟然是外婆，我激动地喊着外婆，这时才发现我发出的不是声音而是光。外婆告诉我她见到我很幸福，我问她我可以一直在这里待下去吗，她告诉我我会去鱼岛，鱼岛会有属于我的生活。我又问外婆，可是我离开你，你不会孤单吗？外婆笑了，说这里从没有孤单。我想和外婆继续说下去，可是像我来时一样强烈的那道光出现了，我知道我要回去了，用尽全力冲着外婆喊道："飞翔的毛毛虫，我喜欢你！"那一瞬间，我看到外婆那束光突然变得无比绚烂，像孔雀开屏般颤动着展开，散发出上百种颜色，一种无与伦比的爱的感受震撼着我。

瞬间，我进入另一个隧道，身体在里面飘浮着，竟然看到了这一生每一个瞬间的自己，他们并不是连续的，而是处在平行的循环之中。我看到了自己每一个当下的存在，从小到大，那么久远而漫长的时光，一幕幕地重演，而我就在里面无限徜徉，直到飘浮至最后一个瞬间：我紧闭着双眼坐在去往鱼岛的船上。突然，光芒消失了，我感到身体变得异常沉重。我用力睁开眼，发现自己还坐在原来的位置，而手表的时针竟然还停留在原处，如此漫长的一生竟然不到几秒钟的时间。在那个世界里，每一瞬间似乎都会被拓展成无限的永恒，而空间也不再是三维的，而是一种难以形容的巨型能量场。你会看到一切的美，它们会在你的心中驻足，成为一种永恒的幸福。

第八章
“在！在！在！”

第一节

男人和女人梦见了造物主正在梦见他们。

——《火的记忆》

我推开窗户，窗台上的花开得满满当当，墙壁上一朵又一朵的小白花落在藤上。晨曦穿过花瓣的边缘，各自戴上金色皇冠，骄傲得令人感动。我不禁想起了丁尼生的一首诗：

墙上的花，
我把你从裂缝中拔下；
握在掌中，拿到此处，连根带花，
小小的花——如果我能了解你是什么，
一切一切，连根带花，
我就能知道神是什么，
人是什么。

回到房间，我拿起了笔。

来鱼岛10个月了，我终于体会到了“Dolce Far Niente”，不过我来的时候伊鸠已经离开，恐怕不再有机会与他分享这份迟到的快乐了。

在这里，日子听得到、摸得着，活着与生活之间没有任何蹩脚的缝隙。如伊鸠所说，这里风景之绮丽，会让你怀疑这是上帝在地球上的最后一个秘密。整个岛屿如同一个刚出炉了的、撒了五彩糖果的粉色甜甜圈，任何一个在城市里待久了的人在登岛之初的那些日子，都会如同嗑药一般无限沉溺于此。这里的每一种颜色都饱和而热烈，像是上帝主观的偏爱，让你几乎以为自己活在马蒂斯的画里。这里的空气更是特别，它散发出一种浓烈的情欲，每一次风吹过都仿佛一双湿热的手掌，反复地轻巧地揉捏着你，让你陷入渴求已久的柔情无法自拔。然而面对这一切，语言是那么贫乏，任何词汇都无法形容出它1%的美，在这里，任何一个因为疲惫生活而变得麻木的人都会被重新唤醒，原始的灵性如野马般肆意驰骋。

鱼岛的中央有一个足球场一般大小的深坑，里面燃烧着熊熊的白色烈火，第一次走近它的时候，我恍如梦中，这不就是我曾经在梦里见过的白色火焰吗?它们竟然真的存在。白色的巨大火苗在我的眼前飞舞、跳跃，整个火坑像是一个巨大的月亮落在你的身边，灼热的月光会烧红你的脸。每到夜晚，火焰都会比白天更为汹涌，生长出红色、黄色、蓝色的火焰，它们如同热情的果实，彼此交融后再一次变成月光般的白色。火焰上方是巨大的光晕，空气被扭曲成了水流般的梦幻形态，一切都会失真，在水流般的空气中成为一个张力十足的梦。睡不着的夜晚，我常常在这里看火，随着温暖的热气坠入梦境。

第二天清晨，我会被鸟声叫醒，在鱼岛上有一种奇怪的鸟，脑袋极小，骨头和羽毛都是透明的，它们飞得很慢很慢，总是成群结队地在天上飘啊飘，如同微风拂过时的蒲公英种子，那种梦幻迷离的自由常常带给我一种莫名的感动。鸟儿们有着极大的粉色嘴巴，镶在小脑袋上就像是一个三角形的水泥铲子，它们的叫声很特别，终日在天上发出“在！在！在……”的声音。每当看到它们出现，我都会下意识地看看我在哪里、我在做什么、我刚才因什么而苦恼。它们的存在让我明白，真正的幸福并不需要无尽的寻找，也并不藏在那些宏伟的理想之后，它们总是静静地在你眼前，等你顿悟的那一刻去发现。它们在风中，在光中，在树中，在热烈生长的花鸟鱼虫中。在这里，你会自然而然地产生一种文明无用的感受。我每天在这里跑啊跑，总是不觉得累，因为每一步都是为了这一步，从不为了下一步。在这里，人就像是一棵跳跃的树，只要勇敢地踩在肥沃的土地上，就会收到源源不断的能量。

在鱼岛上还有很多特别的植物，有种植物有着红色的球形果实，成熟之后，红色的果皮会如同眼睑一样裂开，露出白底黑珠如同眼睛一般的果肉，去采摘它们的时候，你会觉得无数的眼睛在盯着你，分外有趣。然而更有意思的是在你吃了它之后，当你吞下那眼睛一般的果肉，会发现世界比你曾看到的更多彩，你会看到人类不曾看到的颜色，而且每个人不同，看到的颜色也会不同。但是相同的，是每个人都会在全新的世界中收获属于自己的快乐。我不知道该怎么给它命名，是我改装了“孤独”这两个汉字作为它的名字——“乐瓜乐虫”(lulu)，与孤独的意思相反，乐瓜乐虫是说一个人快乐地活着，享受自己才懂的快乐。在这里，我已经习惯了以水果和鱼肉为食，有时会配上一点乐瓜乐虫，它们让我健美轻快得如同一只小鹿。还有一种很特别的草，长着透明的叶片和紫色的血管，我管它叫“zen”，只要把少量的 zen 吞进肚子，它就会让你的精神产生真空，再也没有杂念和记忆的占据，瞬间成为一个空灵之境。我想 zen 带来的感受类似于人类所有的极乐，譬如极致的性爱、极致的美景、极致的美食、物我两忘的禅定，它们在那个高潮的临界点都将人的思维甩之一空，让你沉入一种真空的寂静。

鱼岛上也并不全是梦幻般的惬意，它有着比文明社会更多的生存威胁。曾被沙滩上的老人告知这里有食人族，我登岛不久后发现确实如此。在固有的社会观念中，人们认为食人族是一种恶，文明的力量总是会拿猎枪瞄准它们。但如果你不带分别心，就只会觉得他们与我们一样，只是万千动物的一种。食人族与我们平日里见到的人类并无太多差异，只不过体格更为粗野，犬齿更为尖利，手掌和脚掌有着远大于都市人的骨节，不过这一切都是生存的必需。在长达10个月的日子里，我已经学会了与食人族共生，他们也让我从另一个角度重新理解了人：相比于食人族，人最荒谬的是时时刻刻都无法抑制地想证明自己是人，这是我们痛苦的来源。但食人族从不知自己是人，他们既不追求人的尊严，也不缚于人的道德，他们载歌载舞地享用每一顿人肉，绝不会为之心生愧疚。他们与人类都杀人，但动机完全不同，他们杀人只是因为饥饿，绝不会杀死超出自己需要的人，也不会把细皮嫩肉的男女圈禁在一个地方让他们规模化增殖，因为他们从不思考明天，所做的一切都只是为了今天。你会看到他们用人的头骨喝着肉汤，甚至在你经过的时候邀你一同用餐，人性之中原始的暴戾与慷慨会展露在同一个瞬间，一切看起来是那么荒诞，但是又那么自然。

在鱼岛，早期登岛的人建设了少量的房子，它们多半低矮而朴实，如同在岛上自然生出的蘑菇一般。得益于一些岛民的消失，房子并不那么紧俏，我通过交换冲浪技能，换来了一栋矮矮的黄房子。一楼的一半被用来陈列我带来的旅行书籍，我给它起名为 Slow Boat。同时，我还创办了一个同名的不定期杂志 *Slow Boat*，杂志中会记录鱼岛人特别的生存方式，我想这种内容在某一天一定会对那些生活在“工具理性”当中的人有所启发。另一半被我叫作 ikigai，专门用来接待那些想让我教他们冲浪的人，虽然我没有接受伊鸠的邀约，但是我确实成为一名身材火辣的冲浪教练，很多喜欢冲浪或者希望我教他们冲浪的人都会来这里。

黄房子的二楼是我的起居室。不清楚这个房间曾有多少任主人，但是当我第一次踏进这个房间时，曾被刻在门梁上的“胜利者一无所获”深深震撼。不知道是什么人留下了这样一句话，而这样一句话又是留给什么人的。房间的窗户很宽，让我每一天都能享受到奢侈的白昼。我回归手工的制作，我用带来的银色小鱼干拼成了一张立体的马可画像，如果马可看到，不知道它会留着它还是吃掉它？在鱼岛，我接触到上百种植被，把它们做成标本，日复一日地，贴出了一张巨大的《我们从哪里来？我们是谁？我们到哪里去？》。做蜡烛的工作并没有停止，这一年，我兢兢业业，做出了我迄今为止最满意的作品：《贝壳上的维纳斯》。维纳斯从海中升起，不带一丝目的，自由地站在贝壳之上，作为一种纯粹的美的存在。我在虫岛上的作品，维纳斯总是在试图对抗什么、解决什么、压抑什么，而这一次，她自由地站在贝壳之上，没有任何的欲念与目的，其存在本身就是一种神性美的完成。这也是我第一次在自己的作品中感受到神性，我意识到，人之所以成为人，是因为人的身上有一种不完整的神性，它与人的原始兽性相交缠，让人饱受诱惑的折磨；而现代社会又像是一片冷酷的利刃，它先切去你的一部分神性，再切去你的一部分兽性，让你对麻木束手就擒，成为完全服务于金钱的工具人。

身处鱼岛这个当下之地，过去与未来似乎并无差别，只不过一个被我们放在身后，另一个被我们放在眼前。但它们共同的特点则是并不存在。这里的日子永远是那样随意，没有人会催促你，你也从不会被时间追赶：在河边，有的人会梳理自己的秀发一整天；在树下，有的人会听雨听一整夜，绝不会有人说他们在浪费时间。在这里，我不用工作，我享受阳光，我为所欲为，我从未像现在一样活得像个人，我也终于明白，人不该为自己活得像个人而感到丝毫愧疚。我喜欢这里的食物，它们新鲜而天然；我喜欢这里的人，他们有阳光赋予的肤色和从未被失望压垮过的身躯，他们更不会用毕生时间去征服自己的欲望。他们来这里就知道：享受自然给予的一切即是生命本身。两年前的我，还在为是否能用工作证明我、别人到底爱不爱我而饱受折磨，如今我早已扔掉了这些蹩脚的拐杖，告别了那个精神上的瘸子，学会了像乐瓜乐虫一样活着。我从来没有像如今这样拥有的东西如此之少，可也从来没有像如今这样与自己如此靠近。我终于明白，人对自己的发现不是通过有，而是通过无。如果我们拥有的东西太多，就总是被那些东西所蒙蔽，以为那就是真实的自己，但只有脱离了那些自认为必要的装点与诱惑，简简单单与自己相处的时候，我们才会看到自己的真相。

我像是用另一种方式继承了外婆的生活，她摆脱了对这个社会不切实际的依赖，将自己抛进无穷无尽的精神探索之中。而我摆脱了过去与未来的束缚，做回了原始自由的灵魂，我选择的生活告诉我：我的自由，与世界无关。

梨子于鱼岛

2 月 12 日

我写了一本书记述这些年的生活，这是这本书的结语，也是我在鱼岛一年来的真实体悟。然而，有时我会觉得：生活在鱼岛这样的地方，所有的回忆都会变得可疑，很多往事都像是不知何处而来的幻觉与想象。我甚至会假想自己只不过是某个作品中的人物，所谓的命运不过是为作者的某些想法留下了必要的注释。

在濒死体验之后，我们很快就抵达了鱼岛。在鱼岛的一年里，我始终沉溺在原始的自由和无穷无尽的精神生活当中，我常常想起曾经与外婆的讨论——塔希提岛上的高更是幸福还是不幸的。不过恐怕很久之后我才能告诉她我如今的答案。我也曾试图在岛上寻找过伊鸠，在近一年的时间里，我几乎用脚步丈量过这个岛的每一个位置，但是始终没有见到他。不过，在寻找他的过程中，我看到了一条瀑布，这条瀑布像极了我在佛岛上见到的那一条，只不过那次我在它的对面。但我想，虫岛去佛岛是那么近的距离，来鱼岛却几乎经历了半个月，也许只是似曾相识罢了。不过每次看到这条瀑布，我都会忍不住想起在佛岛的日子，想起马可来找我的那个奇妙夜，一切恍如梦境。因为当下的与世隔绝与过去的不可触摸，我常常想，自己那么多年追逐的所谓“我”，到底真的存在吗？如果真的存在，10年前的我和现在的我是同一个我吗？如果我没有意识到我的存在，我还存在吗？由于肉身的可视性，所以它具有不可否认的真实性，而精神世界被我们构建的那个我，更像是一种一厢情愿的观念罢了。真正在这个世界上发生的，不过是一个无毛生物绵延不断的一个又一个的瞬间；而我们始终执迷的那个“我”，无非是一连串的信息和想法。想到这一点，我又自由了很多。

在鱼岛，人们并没有与外界通信的热情，偶尔收发信件也只是拜托船长帮忙，漂洋过海几乎不知何时能送到。我唯一一次寄信，是给母亲。我告诉她我一切安好。她的回信很长，告诉我一些虫岛上的故人旧事：

在我离开虫岛的前夜，Cici 带着狄森屏去了我的办公室取蜡像，不知什么原因在暗室里引发了火灾，狄森屏跑得快保全了自己，可是更晚逃出的 Cici 却被毁了容。事故之后，Cici 把拉琪告上了法庭，她认为是拉琪办公区的易燃物质导致了这一切，但是拉琪拿出了他们未经允许进入办公区的证据，Cici 被判败诉。而且由于他们引发的火灾让盖亚拳馆损失巨大，所以她和狄森屏面临着对拉琪的巨额赔偿。狄森屏为了自保，拿出了 Cici 约她的证据。在多方证据之下，Cici 成为火灾最大的责任人，被判处赔付拉琪 1600 万岛币。然而这样的结果是 Cici 无法接受更无力承担的，于是她想尽办法收集了拉琪的黑料来威胁拉琪，让她放弃索赔。但是拉琪不为所动，执意要将 Cici 送进监狱。Cici 在重压之下决定鱼死网破，向社会爆料出拉琪靠男人上位的黑历史，同时爆出拉琪孩子父亲的身份。让我意外的是，我曾以为对方是企业界人士，可是没想到企业家只是个壳，那个人是更有分量的政界权贵。在这些黑料当中，我之前十分困惑的玄之又玄的拳赛结果也有了答案，原来每一次的拳赛背后，拉琪都联合资本操纵了假赛，并且顺势为自己圈进大量财富。随着恶性信息的爆炸，一夜之间，拉琪的偶像身份轰然倒塌，但是拉琪并没有选择沉默，而是顺藤摸瓜，把涉及抹黑她身份的人全部告上了法庭。由于证据不足以及法庭的倾向性，官司最终以拉琪胜诉告终。

这场事故之后，盖亚拳馆的经营大受影响，但是因为过往的成功运作和残留的品牌价值，它以极低的价格被资本方买走。而促成这把交易的，是一甲集团的投资部负责人林黛丝。被狄森屏彻底伤心之后，林黛丝放弃了对婚姻的最后一丝希望，回归父亲的集团，试图以事业为重，重振家族业务的雄风，而盖亚拳馆则是她回归家族之后的第一个大手笔。这条新闻在网上掀起了新一轮的狂欢，网民们认为这是一场恋爱脑富家女的逆袭之旅：富家女认清负心汉本质，将其送进监狱，然后痛定思痛接手家族使命，开始在商业世界中呼风唤雨。媒体用各种充满想象力的措辞给她戴上了一种女英雄式的光环。

至于拉琪，她赢得了所有的官司，在舆论的热度下降后，那些黑料很快就从网上消失了。拉琪深知金钱就是虫岛的普世语言，只要有人羡慕她所拥有的财富，就会好奇她讲出的一切。拉琪并没有选择退出江湖，也没有全然否定过去的黑料，而是对自己的经历修枝剪叶，从全新的角度叙述了一个底层女孩不得已而为之的攀缘过程，很多因为她独立女性人设而不喜欢她的攀缘派成为她的新粉丝，她很快成为另一群女性的偶像，她不再讲述那些白莲花式的纯粹独立，而是赤裸裸地告诉人们，如何通过男权与能力的交织，为自己创造出财富帝国。这些言论引发的影响力比之前更大，那些因为这一点喜欢上她的女性也对她更加忠诚。

至于Cici，她的存在耽误了所有人的利益，是拉琪和林黛丝都不想再见到的人，很快就被以恶意纵火罪、恶意毁坏他人财物罪、诽谤罪以及各种罪行投入监狱。Cici进入监狱不久就选择了自杀，自杀那天是她的生日，也是一个月圆之日，那天的深夜里，她用床单将自己吊死在铁窗的栅栏上。她死后，人们在她紧握的手心里发现了我曾在她床头看到的那句话：

“当我们脏时爱我们，别在我们干净时爱我们。干净的时候人人都爱我们。”

后来我才知道，这是肖斯塔科维奇曾说过的话，他毕生都屈服于那些不得不承受的压力，身怀巨大的才华却饱受道德的折磨。等待一次不知道什么时候发生的枪决，是折磨了肖斯塔科维奇毕生的命题。

至于母亲，她只是希望我好，对自己的生活并未多提。

第二节

2 月 13 日，我在海上，海水连着天空，从蓝到紫到红。

我专注地，全身跟随着大海的韵律向前，如同一首没有结尾的音乐。我就在这种物我两忘的幸福中，经历着自己的生日，仿佛这一天可以一直进行下去。

突然冲浪板的前方一阵抖动，我全身翻入了水中。“好奇怪，这是怎么了？”我很疑惑，浮出水面定睛一看，原来是两只浮起的粉色尖角。我不敢轻举妄动，生怕是什么奇怪的海洋生物。突然，那两只尖角快速升起，是一只猫脸，一只沾满水的猫脸。

“马……马可……”

“马可·奥勒留！”猫头的白色下巴沾着海水一开一合。

“啊！马可！”我尖叫着游了过去，紧紧抱着它游向岸边。

冲到沙滩上，我兴奋得又哭又笑，抱着马可满地打滚：“你怎么来的，你怎么知道我在这里？”

“唔……来这里很难吗？”马可舔了舔我的鼻子。

“我简直太高兴了你知道吗？我可太想你了！”

“小鱼干还有吗？”马可抖着身上的海水。

“有啊，等会带你去！你不在的日子里，小鱼干全都是你的模样。”我忍不住哈哈大笑，拿起自己的衣服开始给马可擦水。

“冒呜！”马可迫不及待地叫了起来。

“走！”我抱起马可，“带你过生日去。”

我狂奔着冲向黄房子，从未想过在生日这天会有如此巨大的惊喜。当我走过 ikigai 的门口，突然听到一阵熟悉的声音：“我想报名做 ikigai 的冲浪教练，可以吗？”

“是谁呢？”我转身后，看到一张熟悉的面孔：“伊鸠！”我惊诧地看着眼前的这个人，他竟然站在我的面前。

伊鸠笑着，他比以前更黑了，衬得那一对楔形门齿好像白色的反光镜，他手里挥舞着 *Slow Boat*：“看你在 *Slow Boat* 上说，你要出书了？”

“是的，刚刚写完。”

“书的名字叫什么？”

“名字？名字……名字叫作《梨子小姐与自己相处》。”

一楼的客人全都看着我，竟然一致地鼓起了掌。

我给了伊鸠一个大大的拥抱，马可跳到了我的肩上。夕阳下，黄房子闪闪发光，今晚注定是最幸福的30岁盛宴。

第三节

日期：2月13日

《我自由了，自由我了》

如果有人问我：

你打算去哪里？

我哪也不打算去。

你的梦想在哪里？

我的梦想在原地。

可在原地你能做些什么呢？

可有什么好过拥有此时此地？

30岁这天，我想好了最新的墓志铭：

A rose is a rose is a rose.

想必它会用很久，很久，很久。

（全剧终）

作者：白轺

一个用文字扩展人生的写作者

长于在世俗社会生存

却偏爱在精神世界发声